公主の嫁入り
～後宮の雪は龍の道士に娶られる～

マチバリ　Matibari

アルファポリス文庫

https://www.alphapolis.co.jp/

一章　月花宮の公主

鮮烈な赤。

それは雪花（セッカ）の記憶で一番はっきりした色の記憶だ。

血に染まった雪に埋もれ、動かなくなった母親の姿に、声すら上げられなかった小さな自分。

それを抱え上げてくれたのが誰だったのか、雪花はいまだに思い出せていない。

「……母さま！」

自分の悲鳴で覚醒した雪花は、一瞬、自分がどこにいるのか理解できなかった。

まだ薄暗い室内を見回し、ここが間違いなく自分の部屋であることを理解して、ようやく深く息を吐きだす。

沼の底から無理に引き上げられたような気だるさを感じながら身体を起こすと、嫌な汗で寝衣がしっとりと濡れているのがわかった。

明け方の冷たい空気に触れた身体が震える。

「また、あの夢」

嫌な夢を見てしまったと、雪花は熱っぽい額を手のひらで撫でる。

まだ朝とも呼べぬ時間ではあったが、もう一度眠る気にはなれなかった。

寝所から起き出した雪花は自ら着替え、靴を履き、髪を結う。

鏡を見つめながら紅を引くべきかと一瞬迷ったが、赤い色を見る気にはなれず、紅入れの蓋には触れなかった。

どのみち、誰かに会うこともない。

雪花は宗国の先代皇帝が女官に手をつけ産ませた、二十番目の公主だ。

母譲りの美しい黒髪と、その名の通り雪のように白い肌。小さな唇は形よく、大きな瞳は落ちそうなほどに大きい。小さく整った顔立ちはまさに公主と呼ぶにふさわしい美しさをたたえていたが、その表情には隠しきれない憂いが滲んでいた。

雪花の父である先帝はたいそうな好色者で、後宮には数十名の妃が囲われていた。

妃の立場はそれぞれで、政略のために嫁いできた女もいれば、雪花の母のように女官からお手つきとなり位を持った女もいたし、美しさから偶然見初められ無理矢理召し上げられた女もいた。

涙を流した者も少なくはなく、反発も多かったが、皇帝に逆らえるだけの勇気がある者はいなかった。

そんな皇帝の暴挙は死の直前まで続いた。薬を飲んでまで挑んだ若い妃（きさき）の寝所で息を引き取るという、あまりにもあっけない幕切れ。

跡を継（つ）いだのは皇后が産んだ皇太子、利普（リフ）だった。宗国第十五代皇帝を継（つ）ぎ、普剣（フケン）帝となった彼は、真っ先に負の遺産である後宮を解体した。閉じ込められていた女たちは禄（ろく）をもらい、嬉々（きき）として後宮を離れた。

現在の後宮には四人の先帝妃と、数名の親王。そして、まだ唯一降嫁（こうか）を済ませていない公主である雪花だけが暮らしていた。

普剣帝は先帝の二の舞になることを恐れてか、まだ一人の妃（きさき）も迎えていない。そのため、後宮はかつての賑（にぎ）わいをなくしている。ほとんどの宮は門が閉められ、行きかう人々もわずかだ。

雪花の暮らす月花宮は、そんな静かな後宮の中でも最も奥まった場所にあった。

定期的に官吏が食料や水を運んでくる以外に、人が寄りつくこともない。

宮に仕えているのは、年老いた女官一人と高齢の官吏だけ。公主の宮としては論外とも呼べる人手の少なさ。いつもなにかしらの不便が起きるさびれた場所だった。

窓を開け、夜明けの空をぼんやりと眺めながら小さく吐息を零（こぼ）す。空気はわずかに白く濁（にご）るが、すぐに溶けて消えていってしまった。まるで今の自分のような儚（はかな）さだと思いながら、雪花は小さく唇を噛んだ。

ようやく日が昇りきると、それを見計らったかのように女官の明心（メイシン）が部屋の扉を開けて中に入ってきた。

白いものが交じった髪は無理に結い上げているせいでわずかに乱れているし、皺（しわ）の深くなった顔立ちには拭いきれぬ老いが滲（にじ）んでいる。

「公主さま、もう起きていらっしゃったのですか」

明心はてっきり寝ていると思った雪花が起きていたことに驚いたようで、何度も瞬きながら近づいてくる。

「ええ。明心も、こんなに早く来なくてもよかったのに」

「年寄りは朝が早くなるものでございます。朝食を持ってまいりますので、お待ちくださいね」

「ゆっくりでかまわないからね」

曲がった腰を庇（かば）うような足取りで歩く明心を見つめ、雪花は零（こぼ）れそうになるため息をぐっと呑み込む。

月花宮で唯一の女官である明心は、雪花の乳母でもあった。

幼子のころから傍にいてくれた彼女は、すでに年季も明けており、引退して生家に帰っても問題のない立場だ。

だが、他に頼る者のない雪花を案じて、いまだに傍にいてくれている。

なにごとも自分でやれると雪花がいくら主張しても、公主に仕事をさせるわけにはいかないと尽くしてくれる忠勤。それに深く感謝しながらも、雪花は申し訳なさにいつも心を痛めていた。

ずいぶんと小さくなった明心の背中を目で追いながら、詰めていた息を吐きだす。

いい加減に新しい女官を雇うべきなのだろう。明心がいなくなるのは寂しいが、いつまでも後宮に閉じ込めておくわけにはいかない。

窓の外に再び目を向けると、庭で火を熾(おこ)そうとしている官吏の姿が目に入った。その手元はどこかおぼつかず、危なげだ。彼もまた後宮を去る頃合いだろう。

なんの後ろ盾もない雪花には、人手を増やしてほしいと訴える相手さえいなかった。

（お兄さまに文を……いいえ……お忙しいのに無理は言えないわ）

皇帝となった兄の利普は、腹違いの妹である雪花を気にかけてくれる唯一の身内だ。

優しい利普は皇子であったころから、ずっと心を砕いてくれている。

後宮を解体したときも、不便な月花宮ではなく、中央の便利な宮に移ってはどうかと声をかけてくれた。人手を増やし、華やかな暮らしをするべきだと案じてくれたのだ。

だが、それを雪花は断った。

母と過ごした月花宮を離れたくなかったし、明心以外の女官を傍におく勇気が持てなかったのだ。

先帝の御代では冷遇されていた雪花だったが、利普の代になってからは最低限の扱いはしてもらえるようになった。食料を奪われることも、寒い日に炭を届けてもらえないようなこともない。

だが、それはあくまでも上辺だけのことだ。誰も雪花を公主として扱おうとはしない。華やかな催しに呼ばれることもなく、客も、友すらいない。

命があることが奇跡だと己に言い聞かせ、息を殺しこの月花宮で死ぬまで生きるのだと信じていた。そうすることしかできなかった。

利普の即位から数年が経った今、雪花はようやく自分の立場に思いを馳せられるようになっていた。

(私の身勝手で、二人をいつまでもここに縛っておくわけにはいかない)

公主である以上、いずれは皇帝のためにどこかへ降嫁することになるのだろう。

それがいつになるのかなど雪花にはわからない。明日か数年後か、それとも永遠にそんな日は来ないのか。

約束できない未来に、これまで身を粉にして仕えてくれた二人を巻き込んではいけないことくらい、とっくにわかっていた。

「……あの方に、お会いすべきなのかしら」

ある人物の顔を思い浮かべ、雪花の表情が暗くなる。

利普の母である皇太后は後宮を離れ、寺院で先帝を祀りながら静かな時間を過ごしている。今の後宮を取り仕切るのは、先帝の寵愛を一身に受けていた麗貴妃だ。女官と官吏を増やしてもらうには、彼女に頼むしかない。

だが、雪花は麗貴妃が怖かった。

彼女はこの宗国で皇族に次いで強い権力を持つ伶家の息女だ。

伶家は有能な軍人や文官を輩出するだけではなく、国内外の香辛料や嗜好品、珍しい装飾品などを取り扱う商売にも手を出していた。

先帝の時代から政治に深く関わり、即位した利普に対しても家系から妃を娶るようにと何度も圧力をかけていると耳にしたことがある。

そんな伶家に生まれ育った麗貴妃は、入宮してからずっと自らの美しさと立場を誰よりも理解し使いこなしている。

壮齢になっても衰えることがない美しさは圧倒的で、どんな男性も彼女の前に立てば頬が緩んでしまうだろう。運よく気に入られれば後宮で多大な利権を得られることもあって、高官も足繁くご機嫌取りに通っていると聞く。

そしてその裏では、気にくわない女官や官吏を道具のように壊しているということも有名な話だった。

（本当に恐ろしい人）

あの冷たい瞳で一瞥されるだけで、雪花は心臓を掴まれたように苦しくなり、冷や汗が止まらなくなる。

それは、これまで麗貴妃が雪花を散々に冷遇してきた結果だった。

雪花の母は、もともと麗貴妃付の女官であった。

麗貴妃の宮に通っていた先帝が酒に酔った勢いで手を出したのだ。お手つきになっただけならば問題はなかったのだろう。だが雪花の母はその一度で身ごもり、無事に出産まで果たした。その子が雪花だ。

麗貴妃は長い時間をかけ、その身に四度先帝の子を宿したが、無事に生まれたのは最後に身ごもった皇子一人だけ。

自らに仕える身でありながら皇帝のお手つきになり、たやすく子を得た彼女への嫉妬もあったのだろう。

皇帝をたぶらかした悪女だと雪花の母を糾弾し、粗末な月花宮に閉じ込めたのだ。

先帝もただの女官に執着はなかったらしく、公主を産んだ功績から妃の位を与えただけで、赤子であった雪花の顔をついぞ見に来ることはなかった。

食料や水が届かないのは序の口で、冬に炭を届けてもらえないことさえあった。

雪花が無事に育ったのは、父の蛮行に心を痛めた利普がなにかと気遣ってくれたからに他ならない。

皮肉なことに、その利普の優しさが麗貴妃の怒りを煽った。

皇后が産んだ皇子である利普は武芸に優れ、誰からも次代の皇帝として期待を寄せられていた。対して、麗貴妃が産んだ皇子は勉学を嫌がり、武芸にも興味を示さず、後継者争いから一歩遅れていたのだ。

ただでさえ気にくわない雪花たちが利普にまで目をかけられていることを疎んだ麗貴妃は、顔を合わせるたびに辛辣な言葉でなじるようになる。

嫌がらせは日に日に激しくなり、幼い雪花が服を汚したと言いがかりのように叱りつけ、食料庫に閉じ込めたこともあった。気がついた利普が捜し出してくれなければ、そのまま命を落としていたかもしれない。

雪花は麗貴妃を激しく怖がり、顔を見るだけで泣き出す子に育った。

後宮が解体され、麗貴妃の住まいが月花宮と最も遠い宮に移ったおかげで顔を合わせる機会もなくなり、今の雪花の心はとても穏やかだった。

だが新しい女官を雇うとなれば、麗貴妃に頭を下げに行かなければならない。

彼女に頭を垂れ、願い、乞わなければならないと想像するだけで、雪花の心には暗い影が落ちるのであった。

利普に便りを出せばきっと動いてくれるだろうが、今は辺境の先に領土を持つ蛮族との交渉で忙しいと聞き及んでいる。

そんな兄の手を個人的な頼みごとで煩わせる勇気は、雪花にはなかった。

(どうすればいいのだろう)

もうただの子どものように甘えてはいられない。

これまで支えてくれた明心や官吏を楽にしてあげたい。

このさびれた月花宮で朽ちていくのは自分だけで十分だ。

そんな雪花の切なる願いは、思わぬ形で叶うことになる。

＊＊＊

数名の兵士を伴った官吏が月花宮にやってきたのは、まだ日の高い午後のことだった。

昼餉を済ませ、静かに絵筆を走らせていた雪花はなにごとかと驚き、来客を告げてきた明心の腕にすがった。

もしかして、気まぐれな麗貴妃の使いが自分をいたぶるために押しかけてきたのではないかと恐怖に身体を硬くする。

だが、優しげな笑みを浮かべた官吏が見知った人物であることに気がつき、雪花は表情を和らげた。

「拍太監ではありませんか」

拍は利普に長く仕えている官吏で、雪花を気遣ってくれる数少ない人間の一人だ。

「いったいどうしたのですか？」

「ご無沙汰しております。陛下が公主をお呼びです」

「陛下が？」

急にどうしたことだろうと雪花は嫌な予感に襲われる。

利普は月花宮の外に出たがらない雪花を気遣い、政に関わる必要はないとずっと言ってくれていた。

だが、兵士を伴った呼び出しとなれば、この呼び出しが身内としてのものではないことくらい、政に疎い雪花でも理解できた。

物々しい雰囲気と兵士たちの威圧感にみぞおちのあたりが締めつけられるように苦しくなり、雪花は明心と手を取り合う。

その姿に拍が気の毒そうな苦笑いを浮かべ、安心してください、と優しく声をかけてくれた。

「準備は不要とのこと。輿は用意してありますので、お早くお乗りください」

理由を尋ねる間もなかった。

足腰の弱い明心を連れていくわけにもいかず、雪花は一人、言われるがまま輿（こし）に乗り、本殿へ向かった。

久しぶりに後宮の外へ出た雪花は、過去の記憶とあまりに違う皇居のようすに驚くばかりだった。先帝の時代はまばゆいばかりの装飾で埋め尽くされていたはずなのに、今の姿はどこまでも質素だ。

本殿の奥にある皇帝の執務室に連れてこられた雪花は、机に向かって書き物をしている利普の姿を認め、ようやく肩の力を抜いた。

「陛下、ご無沙汰しております」

おずおずと声をかけると、利普がゆっくり顔を上げた。

「雪花か。息災であったか」

久しぶりに顔を合わせた利普は、威厳（いげん）のある皇帝の面持ちをしていた。

顔立ちは先帝に似ているが、表情には優しさが溢れており、その人柄が感じられる。

「おかげさまで穏やかに過ごしております」

「そうか」

優しい笑顔はかつて「兄さま」と気軽に呼んでいたころと同じもので、少しだけ心が軽くなった気がした。

幼いころから身内で唯一、雪花を気にかけてくれる利普は、兄というより父に等しい存在であった。

『どうして利普兄さまが、ととさまではないの？』

そう言って母と利普を困らせたことがあるほどに、雪花は兄を慕っていた。

皇帝となった利普の苦労を考えるだけで胸が痛み、同時になんの役にも立てない自分が情けない。

本来ならば公主としてふさわしい相手に嫁ぎ、国の基盤を支えるべき立場なのに、いまだに雪花に嫁入りの話はない。公主のほとんどは、国内外への嫁入りや力のある家との婚約を済ませ、後宮を出ている。

未婚の公主は雪花一人だけだ。

たいした後ろ盾もないうえに、麗貴妃に疎(うと)まれている雪花を望んで妻に欲しいと思う者などいないからだろう。

「雪花、お前は今年でいくつになった？」

「十八でございます」

「そうか。あの小さな花が、もうそんなに大きくなったのか」

昔を懐かしむように目を細める利普の優しい笑みに、心が温かくなる。

「今日、お前を呼んだのは他でもない。お前の嫁入り先が決まったのだ」

「嫁入り……ですか？」

想像もしていなかった言葉に雪花は息を呑む。

いずれはどこかの家に嫁ぐ身とは思っていたが、あまりに突然だった。

(とうとう来てしまったのね)

心がずんと重くなる。

皇帝の妹であることしか価値のない雪花に、まともな縁などあるはずがない。よくて側室か後添えであろう。

仕方のないことだとわかっていても、自らの行く末を憂いた雪花が表情を硬くしていると、利普がそれを宥めるように優しい声をかけてくる。

「相手は焔家の蓮という男だ」

「焔家……?」

聞いたことのない家名だった。公主の嗜みとして国内の家門はある程度学んでいたがそんな家はあっただろうか。しかも「蓮」というこのあたりでは聞き馴染みのない名の響きに、雪花は戸惑いを隠しきれない。

「お前が知らぬのも当然だ。焔家は道士の家系で、表に出てくることはほとんどない。今の当主である蓮は変わり者で、俺の呼び出しにもなかなか応じぬ男だ」

「はあ……」

聞けば聞くほどわからない話だ。

道士とは占術や仙術を操る術士のことだ。道術と呼ばれる特別な力を使い、呪法やまじないに加え、術で作った式神などの、人ならざる存在を操る者もいる。

宗国にも古くからの道士の家系がいくつかあり、この本殿や後宮を守る術をかけているという。歴史に名を刻むことはないが、皇帝の影として国を支える重要な存在。

彼らの力は血脈によって受け継がれると言われており、道士の家系からしか妻を娶ることはないと書物で読んだことがある。

皇族とはいえ、なんの力もない自分が嫁入りしてもいいのだろうかと、雪花は首を傾げたくなった。

「先日、国境で蛮族との諍いが起きた話は聞いているか？」

「ええ。陛下も出兵されたとか」

「そうだ。その折に、俺は焔蓮に命を救われた」

「……！　怪我をされたのですか！」

顔色を変えた雪花に、利普が苦笑いを浮かべる。

「案ずるな。乗っていた輿に火矢を射られたが、焔蓮の術で大事にならずに済んだのだ」

その言葉に雪花はほっと息を吐きだす。

「それはなによりでございました」

「ああ、だが焔蓮がいなければ危なかった。だからこそ、褒美としてお前を降嫁させることに決めたのだ」

「褒美……」

雪花はこの嫁入りの意味を理解した。

皇帝が身内を差し出すのは信頼の証なのだ。そして監視や人質の意味も孕んでいる。

利普は焔蓮という男に価値を見出したのだろう。そして自分の手駒として傍におきたいと考えた。

だが立場のある家を生家に持つ公主を、ただの道士の妻に据えることは難しい。政権に関われぬ男のもとに、娘を差し出したいと思う家はないからだ。雪花ならば口を出してくるような生家はない。年頃も、少し若いが問題ないだろう。

「嫌か？」

「陛下のお考えに否などありましょうか。私は問題ありません。けれど、その焔蓮さまは……」

「大丈夫だ。しっかりと言い含めてある。心配せずとも、お前を無下に扱ったりはしない。変わっているが悪い男ではないから、安心しなさい」

「……そうですか」

もうなにもかも決まったことなのだろう。

　顔を知らない男に嫁ぐのは珍しいことではないが、地位も権力もない道士が相手など、公主の嫁入り先として良い話ではないことは理解していた。

　だが、和平のためと異国に送られるよりはずっといい。むしろ後宮を出て、政治に関わらずに済むのだ。

「喜んでお受けいたします」

　雪花は深々と頭を下げた。

「うむ。この婚儀に伴い、お前に長く仕えていた女官と官吏には銀子(ぎんす)を与えて暇を出すがいい。嫁入り先に連れていくにしても、年嵩(としかさ)だろう」

「お気遣いありがとうございます」

「あちらの暮らしは焔家に一任してある。お前は身体に気をつけて過ごすだけでよい。準備で困ることがあれば拍に相談するがいい」

「はい」

「息災でな。なにかあれば、遠慮なく文を寄こしなさい」

「…………はい」

　利普の言葉に、雪花は滲(にじ)みそうになる涙を必死にこらえた。

　悲しみはないが、寂しさがこみ上げる。

　降嫁(こうか)してしまえば、兄の顔を見ることは今以上に叶わないだろう。望んでいたこととはいえ、明心とも離ればなれになってしまう。

「お世話になりました」

だが、今日まで生きてこられたのは利普のおかげだ。もうこれ以上、甘えるわけにはいかない。

どんな形であれ、利普の役に立てるのならば本望だと、雪花は精一杯の笑みを浮かべたのだった。

＊＊＊

婚儀が決まったことを知った明心の驚きようは大変なものだった。

しかも、これを機に離ればなれになると知り、涙を流して雪花を不憫がった。

「一人で……しかも市井に暮らす道士に嫁入りなど」

「いいのよ明心。むしろ、この後宮から出られるのだから幸運だわ」

「ですが……」

「陛下が決めたことよ。元より、断れる話ではないわ」

雪花が本気で嫌がれば、利普はこの婚儀を撤回してくれただろう。だが、雪花はこの婚儀に前向きだった。

明心に銀子を与えて解放してあげられるし、この後宮の外に出ることも許される。なにより自分をずっと気にかけてくれていた利普の役に立てるのだ。それに、兄が酷い相手に自分を嫁がせるとは思えなかった。

「準備は不要だと言ってくださったけれど、持っていきたい物もあるの。荷物をまとめるのを手伝ってくれる？」

「雪花さま」

涙を流す明心の背中をさすりながら、雪花は優しく微笑んだ。

そうして二人、思い出に浸りながら片づけをはじめた。

とはいえ、今の月花宮に価値ある物はほとんどない。

食料や必要なものを得るために、さまざまな品を手放していたからだ。利普が即位するまでの間、なんとか生き延びられたのは、母が残してくれたわずかな装飾品のおかげだったことを思い出し、二人はまた涙を流した。

手元に残っている品々も、公主の持ち物とは信じられないような質素な物ばかりだ。

雪花はその中から翡翠の腕輪を手に取ると、明心に差し出した。それは、かつて母が自分を産んだ褒美に先帝から賜った品だった。

「なにかあればこれを売ってお金に換えて。生活には困らないはずよ」

「こんな過分な行いは不要です！」

「いいの。母はずっとこれが重荷だと言っていたわ。本当は一番にお金に換えたかったけれど、先帝から賜った品を売る勇気はなかった。でも今なら許されるはずよ」

「……うう」

明心の瞳に再び涙が滲む。皺だらけの手が、翡翠の腕輪ごと雪花の手を優しく包んだ。温かなぬくもりに、雪花は静かに微笑む。

「あなたはずっと私を支えてくれたわ。私にとっては母も同然よ。どうかこれからは、穏やかな時間を過ごして」

「あなたのようにお優しい主に仕えられたことを、私は生涯の誇りにします」

「明心」

二人はしっかりと抱きあい、これまでの日々を懐かしんだ。

官吏にも手伝ってもらいながら宮の中をあれこれと片づけていると、なにやら慌ただしい足音が聞こえてくる。

なにか知らせが来たのかと雪花と明心が揃って庭に出れば、そこにいたのは使者ではなかった。

こちらを見つめる鋭い視線に、雪花は激しい動悸に襲われて、胸を押さえる。

「相変わらず辛気臭い顔をしているな」

「瑠親王殿下」

慌てて地面に膝をつき平伏すれば、低い笑い声が聞こえてきた。

「そう堅苦しく呼ぶな雪花。思敏(シビン)兄さま、と呼んでくれてよいのだぞ」

「恐れ多いことでございます」

瑠親王は麗貴妃の産んだ皇子だ。雪花にとっては利普と同じ腹違いの兄で、名は思敏。利普が即位したのち、瑠親王と名乗るようになっていた。

麗貴妃そっくりの麗しい見た目をしており、一見すれば女性のように美しい。だが、その性格は母以上に苛烈で、残虐な行いに泣く者も少なくない。

幼いころより麗貴妃が雪花を疎(うと)んでいるのを真似て、大人たちの目の届かぬところで雪花を追い詰める恐ろしい存在であった。

親王としての位を得てからは、伶家の商いに関わり、皇城の外に屋敷を構えていた。

麗貴妃の宮で頻繁に開かれる盛大な宴の喧騒は、この月花宮にも風に乗って届くのだ。世情に疎(うと)い雪花でさえ、その羽振りのよさは知っている。

皇帝である利普が蛮族との交渉に必死になっているというのに、と憤ったことは一度や二度ではない。

(どうしてここに)

もう長いこと雪花には興味を示さなかったはずなのに、なんの気まぐれだろうか。

全身を震わせながら雪花はゆるゆると顔を上げた。

雪花を見下ろす瑠親王は笑っていたが、その瞳には冷たい光が宿っていた。母親である麗貴妃そっくりの、自分たち以外を人間とは思わぬ視線に身体の芯が冷えていく。

「とうとう嫁ぎ先が決まったそうだな。兄として祝いの品を持ってきたぞ」

「……ご厚意に感謝いたします」

雪花が深く頭を下げると、瑠親王は満足げな顔をする。

さまざまな品を掲げた女官や官吏たちが現れ、庭にそれらを並べていく光景に、雪花の瞳が何度も瞬く。

これまで物を奪われることはあっても、与えられたことなどなかった。

瑠親王の突然の行いに、雪花は戸惑いを通り越して恐怖を感じた。

「あの、さすがにこれは……」

「大事な妹が降嫁(こうか)するのだ。兄として、これくらいの振る舞いは当然だろう。それにこれは俺からだけではない。母上からの贈り物も兼ねておる」

「麗貴妃さまが……？」

「お前がようやく後宮を出られることを喜んでいたぞ」

言葉に含まれる棘(とげ)に雪花は身体を固くした。

これは決して結婚を祝ってくれているのではない。後宮から自分が出ていくことを喜んでいるからこその贈り物なのだ、と。

青ざめた雪花に、瑠親王は満足げに頷いている。

贈り物の意味を雪花が理解したことが嬉しくてたまらないようすだ。

「しかし、相手があの龍の道士だとはな。あんな男に嫁ぐことになるとは、さすがの俺も同情を禁じ得ない」

「龍の道士……？」

「ん？　兄上から聞いていないのか？　ははん、本当のことを知ればお前が断るかもしれないと思って、隠しておいでだったのだな」

「あの、龍の道士とはいったい」

「憐(あわ)れな妹に教えてやろう。お前の夫となる焔蓮は、恐ろしい神龍の血を引く男だ」

龍、と雪花はかすれた声で呟く。

宗国において、龍は瑞獣(ずいじゅう)とされて人々から祀(まつ)られる存在だ。それを恐ろしいと口にする瑠親王を、雪花は信じられないものを見る目で見つめた。

瑠親王はその視線に苛立ったように眉をわずかに上げたが、まだ話し足りないのだろう。息がかかるほどに顔を近づけ、唇の端を吊り上げる。

「お前も知っているだろう。かつてこの大地を水に沈めた荒ぶる龍の伝説を」

ずっと昔。まだいくつもの小国がこの大地を争っていたころの話だ。

人々が醜(みにく)い争いを繰り返し、大地を血で汚したことに怒った神獣である龍が、大地の汚れを洗い流すために雨を降らせた。その雨は数ヶ月にも及び、人々は水に沈む大地をただ眺めることしかできなかったという。その龍の怒りを解き、大地を取り戻した者たちの子孫だけがこの大地に住むことを許されたという伝承は、宗国に住む者なら誰もが知っている。

宗国では龍を象徴として崇めており、毎年に龍を祀る祈祷祭が行われていた。

「そうだ。焔家はその龍を鎮める生贄に、娘を差し出した家なのさ」

それならば英雄ではないか、と雪花は言いたかったが、興に乗ったように喋り続ける瑠親王に口を挟むことはできない。

瑠親王はまるで歌劇の役者になったかのように大げさな身振り手振りで話を続けた。

「ただ生贄を出しただけならば、焔家は英雄にもなれただろう。だが、焔家が差し出した生贄の娘は、なぜか生きて帰ってきてしまった」

「生きて？」

「そう。戻ったとき、その娘は子を孕んでいたという。当時の権力者は、娘を生贄に差し出したと見せかけて逃がしたのだと焔家を糾弾した。当主は有無を言わさず処刑された。だが、そのすぐあと、娘が産んだ子どもには龍の鱗があったそうだ。娘は龍の子を孕んでいたのさ」

「龍の子……」

「父親を殺された娘は嘆き悲しみ、そのまま業死した。残された子どもも忌み子として葬るべきだという声もあったが、龍の子を殺せばどんな祟りがあるかわからない。故に、子どもは焔家に返されて育てられることになった。不思議なことに、その子が泣けば雨が降り、怒れば日照りが続いたという。子どもは成長したのちは、他の追随を許さぬほどの仙力を持った道士となり、焔家の血統を繋いだ」

そんな話は聞いたことがない。もしそれが事実ならば、それは現人神の血筋と呼べるのではないか。皇族よりも尊いかもしれない。

驚きを隠しきれず、雪花は瑠親王から目を離せないでいた。

「その力に目をつけた者は少なくない。だが、焔家を利用した者は必ず命を落とすと言われている。焔家の血は呪われているのだ」

人ならざる者の血を引く家系。誤った関わり方をすれば神に呪われ、疎まれる。

恐ろしい、と瑠親王が口にしたのも頷ける。

「まあそれはずっと昔の話で、龍の力を持った者はずいぶん長いこと生まれていないと聞く。その証拠に、お前も焔家についてなにも知らなかっただろう?」

「はい」

「焔家は衰え、今や直系は当主である焔蓮一人。変わり者が故に、いい歳をして嫁の一人も迎えていないそうだ。兄上は、焔家がこのまま絶えてしまうことを案じているのだろう。たとえ眉唾の伝承だとしても、龍の血脈を自分の代で絶やしたとなれば、どんな呪いが降りかかるかわからんからな」

「……」

「なんだ、震えているのか？　安心しろ。龍の血を引いていると言っても、焔蓮は普通の人間の形をしていた。少々陰気で偏屈な男ではあるが、お前にはよく似合いの夫になるだろうよ」

雪花が震えていたのは、自分が任されたことの大きさに気がついたからだった。

利普は褒美として雪花を嫁入りさせると言ったが、それは建前だったのだ。

本当の役目は、人質でも監視でもない。子どもを産み、焔家の尊い血を保つことなのだと。

それを瑠親王は恐れと見たのだろう。必死に考え込んでいるようすの雪花を、爛々とした瞳で嬉しそうに見つめていた。

「龍の怒りを買うようなことがあれば、兄上の汚点になることを忘れるな」

俯いたままの雪花の肩を乱暴に叩き、満足げな笑みを浮かべる。

瑠親王が今日ここに出向いたのは、雪花の結婚を祝うためなどではなく、絶望に突き落とすためだ。

どこまでも雪花という存在を疎み、加虐の的だと考えている瑠親王とその後ろにいるのであろう麗貴妃の思惑に、雪花は胃の腑を掴まれたような気持ちになった。

「お前の母も、きっとこの婚儀を喜んでいるだろうよ」

「っ……！」

母のことを持ち出され、雪花は弾かれたように顔を上げた。瑠親王はそんな雪花を見降ろし、ますます笑みを深める。

自分の前では感情を隠し、怯えているばかりの妹が、心を動かしたことが嬉しくてたまらないという顔だ。その歪さに、雪花は眩暈がしそうなほどの憤りを感じずにはいられない。

（どうしてあなたが母のことを口にするの……！）

反論したくてたまらなかった。怒りのままに問い詰め、どうして母が死ななければならなかったのかと瑠親王に掴みかかりたかった。

爪が手のひらに食い込むほど強く握りしめ、雪花は必死に自分の感情を抑え込む。

これはすべて瑠親王の策なのだろう。婚儀への不安を煽り、ここで雪花を追い詰め、なにか失敗をさせたいに違いない。

そうすれば、この話は台無しになり、普剣帝の顔に泥を塗ることになる。それだけは絶対に避けたかった。

「瑠親王殿下のお気遣いに心より感謝いたします」

震える声でそう呟くのが雪花にとっての精一杯だった。

「ふん」

おもしろくなさそうに鼻を鳴らした瑠親王だったが、またすぐに意地の悪い笑みを浮かべ、己の懐(ふところ)から小さな銀色の腕輪を取り出した。

黒い玉が埋まったそれは、不気味に光り輝いている。

「これもお前にやろう。舶来ものの逸品だ」

言うが早いか、瑠親王は雪花の腕を掴むと、それを手首にはめてしまった。冷たい金属の感触に雪花は身を固くする。

折れてしまいそうなほど細い雪花の手首にそのな腕輪はあまりに不釣り合いだったが、瑠親王は満足したのか、そのまま背を向けて月花宮を出ていった。

ようやく静寂を取り戻した月花宮の庭は、積み上げられた品々で圧迫されていた。

雪花はそれらをすべて投げ捨てたい思いだった。

こんなものはいらない、母を返せ、と叫びたかった。

「公主さま……おいたわしい……」

優しく背中を撫(な)でてくれる明心がいなければ、とっくに心を壊していたかもしれない。

「とにかく、頂いたものを片づけましょう」

気が重かったが、そのままにしておくわけにもいかない。

届けられた品の大半は、後宮から持ち出すのがためらわれるような高価な物ばかりだった。手放すにしても手段が思い浮かばず、雪花は途方に暮れる。

「拍太監殿に相談してみては？」

「そうね、それがいいかもしれない」

置いたままにして降嫁などしたら、それこそなにを言われるかわかったものではない。官吏に留守を頼むと、雪花と明心は連れだって月花宮を出た。

「公主さまが自ら行かれなくてもよいのではないですか？」

「明心一人で外に出すほうが心配だわ。それに少し気分転換がしたかったら、ちょうどいいのよ」

後宮は広いうえに、月花宮は最奥に位置している。

使いを出すにしても、高齢の明心だけで行かせるのは不安が大きかった。外を歩けば官吏もいるかもしれないと考えながら、長い通路を歩く。

「……ふう」

すでに夕刻近い空はわずかに茜色に染まっていた。

普段ならばとうに夕餉の支度をしているころだが、今日は食欲が湧きそうにない。

本殿に呼ばれて利普と会い、婚儀の勅命を受け、そのうえ瑠親王からいらぬ贈り物を押しつけられ。

無理矢理つけられた腕輪は、外れる気配がない。肌に食い込む金属の感触が痛かった。

拍に頼んで外す手段を考えてもらおうと思っていると、不意に視界に影が差した。

驚いて顔を上げた雪花の前には、黒い服を着た背の高い男性が立っていた。垂布のついた帽子を被っているため顔かたちはわからないが、立ち姿からは気品が感じられる。

「突然なんですか！　公主さまの前に立つなど、無礼ですよ」

明心が声を荒らげ、男と雪花の間に立ちはだかった。

その言葉を当然だとは思ったが、雪花はなぜか男を怖いとも不気味とも感じず、荒ぶる明心の肩を叩き、落ち着かせようとする。

その瞬間、雪花の件の腕輪が急に熱を帯びた。

肌を焼くような痛みに、雪花は思わず悲鳴を上げた。

「熱っ！」

「失礼」

低く、心地のいい声が鼓膜を撫でる。

伸びてきた男の手が腕輪に触れ、形を確かめるように表面を撫でた。

その瞬間、頭の中で大きな鐘が打ち鳴らされたような音が響き、全身の血が逆流していくような不可解な感覚に視界が揺れ、身体が傾ぐ。

「おっと」

大きな手が雪花の肩を抱き、引き寄せてくれた。大人びた香りが鼻腔をくすぐる。

「大丈夫ですか？」

「はい……」

「たちの悪いものを押しつけられたようですね。これからは気をつけてください」

「え？」

地面になにかが落ちる音がして視線を落とす。そこには、先ほど瑠親王からつけられた腕輪が割れて転がっていた。

「大変！」

「触ってはいけません」

慌てて拾おうとした雪花を、男が押しとどめる。

なぜそのようなことを言うのかと納得できない気持ちで腕輪を見つめていると、黒い玉が鈍い音を立てて砕け散った。

「ひ！」

割れた宝玉からは黒いもやが立ち上がり、手のひらに載る大きさの人の形になった。

それはなにかを探すように腕輪の周りをぐるぐると回っている。

おぞましい、と本能的な怯えが雪花を襲った。背筋が凍り、その場で動けなくなる。

男が支えてくれなければ、倒れていたかもしれない。

「ずいぶんと歪んだ呪いだ」

「呪い⁉」

「まさかそんな！」

雪花と明心の悲鳴が重なる。

呪い。それは誰かを苦しめ、貶めるためのおぞましい呪法だ。そんなものが存在していることは知っていたが、この目で見るのははじめてだった。

なにより、どんな理由であれ、皇族に呪法を使うことは禁じられているはずなのに。

「誰があなたにこれを？」

男の問いに雪花は言葉を詰まらせる。

ここで瑠親王の名前を出していいのだろうかと。そもそも、この人は誰なのだろうという疑問でうまく喋れない。

「これは先ほど、身内から、頂いたばかりのもので……」

「それは運がよかった。長く身につけていれば御身を害していたでしょうね」

男は指先でなにごとかの文字を画くと、聞き慣れぬ音の言葉を発した。

するると、人の形となっていた黒いもやがその場でもがき苦しみはじめる。時間にしてほんの数秒、瞬きをする間に、それは消えてなくなってしまった。

「これでもう安心です」

「は……」

無意識のうちに詰めていた気を吐きだしながら、雪花はその場に座り込む。明心もまた、放心したように雪花に寄り添いながらへたりこんでいた。

「ご無事でよかった。悪い気を感じたので、気配をたどってここまで来たのです。突然のご無礼、お許しください」

地面に膝をつき、静かに頭を下げる男の所作は美しかった。

「これにはもう触れませぬように。人を呼んでまいりますので、お待ちください」

「あ……！」

待って、と声をかけようとした雪花を残し男は早足に去っていく。その大きな背中をぼんやりと見つめながら、雪花は小さな胸を高鳴らせていた。

＊＊＊

すっかり日が暮れ、空に星が瞬きはじめている。

自室の窓から夜空を見上げていた雪花は、深く長い息を吐きだした。

あのあと、血相を変えた拍が複数の官吏や女官を連れて駆けつけてくれた。だが、その中にあの男性の姿はなかった。

拍に聞いたところ、彼は道士で、後宮には仕事で来ていたらしい。

名前を尋ねたがはぐらかされてしまったことを考えると、なにか事情があるのだろう。

腕輪がはまっていた腕はわずかに赤くなっていたが、痕が残ることはないと侍医に診断された。

（呪いだなんて）

後宮付の道士があの腕輪を調べたところ、おぞましい呪いがかけられていたことがわかった。

腕輪に触れた皮膚をじわじわ焼くという残酷なもの。もしあと少しでも外すのが遅れていたら、雪花の腕には醜い痕が残っていただろう。

調べてくれた道士曰く、すでに完全に解呪されているから安心していいとのことだった。

騒動を知った利普に呼び出されて追及された瑠親王は、伶家に届けられた貢ぎ物の中に紛れ込んでいたものだと答えそうだ。

各国からさまざまな品を仕入れることもあり、送り主はわからない。もしかしたら蛮族が瑠親王や麗貴妃を狙って忍ばせたのではないか、と口にしたらしい。

蛮族は宗国よりも呪術について造詣が深く、特に人を害する呪いに長けた者もいる。長く争いが続いていることもあり、証拠が残らぬように攻撃を仕掛けてきてもおかしくはない相手だ。

「まさか腕輪にそんな呪いがかけられていたとは知りませんでした。可愛い異母妹への祝いの品にちょうどいいと持ち出しただけだったんですよ」

美しい顔を悲しみに歪ませ、瑠親王は語ったという。それは麗貴妃も同様で、まったく悪意などなかったと宣ったらしい。

痕跡がない以上、いったいどこで誰が腕輪に呪いを仕込んだのか突き止める術はない。

結局、瑠親王への処分は雪花の降嫁が終わるまでの謹慎だけに終わった。

明心は処分が甘いと憤慨していたし、ことの次第を説明に来てくれた拍も憤っているのが伝わってきた。

「彼らはあなたに危害を加えたことをひとことも謝りませんでした。自分たちは悪くないという言い訳ばかりを並べて」

利普に長く仕えている拍もまた、瑠親王にはずいぶんと煮え湯を飲まされたことがあるという。呪いにまつわる道具を瑠親王が持ち込んだのは今回がはじめてではなく、利普の寝所にすら、よからぬものを献上しようとした過去があったらしい。

「公主さまに直接危害を加える品を渡すとまでは、考えが至りませんでした。こちらの配慮不足です」

「いいえ、私も同じです。まさかと驚いております」

「……本当ならばもっと厳格な処罰をすべきなのに……申し訳ありません」

うなだれる拍に、雪花は緩く首を振った。

「もういいのです」

それは紛れもない本心だった。

後宮を出てしまえば二度と会う機会もない相手だ。

騒ぎ立てて、この降嫁が先延ばしになるよりはずっといい、と雪花は己を納得させていた。

あと少し。あと少しでここを出ていける。

解放感と少しの寂しさをないまぜにしながら、雪花は再び空を見上げる。

星の少ない夜空は、あの黒い道士を思い出させた。

（お礼すら言えなかった）

あの優しい声と大きな手を思い出すと、じわりと身体の熱が上がる。血縁や使用人ではない異性と関わったのは、はじめてのことだった。

もしあのとき、彼が呪いを解いてくれなかったらどうなっていたか。

叶うなら直接お礼が言いたいと雪花は掐に願ったが、その必要はないと曖昧にされてしまった。

せめてもという想いで手紙を書いたが、読んでもらえただろうか。

そう考えながら、雪花は手首をさすり続けたのだった。

二章　焔家への輿入れ

降嫁の勅命を受けた数日後、月花宮の前には赤で彩られた御輿が雪花を迎えに来ていた。

利普が用意してくれたという深紅の花嫁衣裳を身にまとう雪花の姿に、明心は涙を拭いながら何度も頷いている。

「本当にお美しい。あの小さな公主さまが、こんなに美しい花嫁になったことを本当に嬉しく思います」

「明心、本当に今日までありがとうね」

雪花もまた、目に涙を浮かべながら今日までの日々を振り返る。

がらんどうになった月花宮は、雪花が降嫁したのちは門が閉じられるという。つい先日まではここで朽ちていく覚悟をしていたのが嘘のようだ。

いつかこの宮に住まうことになるであろう妃が、自分と同じような悲しみを背負うことがないようにと何度も祈りながら、部屋を出た。

「お許しがあれば、私も婚家にお供いたしましたのに」

「そのことは何度も言ったでしょう。あなたはもう自由に生きていいの」

明心の生家は彼女が帰ってくることをとても喜んでいるという。銀子（ぎんす）だってたっぷり持たせることができた。

これからは静かな余生を送らせてやれることに、雪花は心から安堵している。

皮肉にも、瑠親王が置いていった貢ぎ物はとても役立った。

雪花の財産を殖（ふ）やしてくれただけではなく、後宮に住まう先帝の妃（きさき）や親王、すでに嫁入りを済ませた公主たちへの挨拶の品となり、不義理な公主という汚名を被ることを回避できた。

なにより、これまでは粗末（そまつ）な供養しかできなかった母を立派な祭壇に祀（まつ）れた。どうか穏やかに眠ってほしいと願いながら、雪花は輿入（こしい）れまでの日々を静かに過ごせたのだった。

「どうぞお元気で」

「明心も。息災を祈っているわ」

別れを惜しんで何度も手を握りあう二人を、出立の鐘が容赦なく引き離す。

御輿（みこし）に乗り込みながら、雪花は何度も月花宮を振り返った。

見送りは明心と官吏の二人というひっそりとした出立だったが、形だけの見送りよりもずっといいと静かに御簾（みす）を下ろす。

ゆっくりと動き出した御輿の中から、雪花は感慨深く後宮の景色を眺めていた。

かつては数多の妃や女官で溢れていた後宮は、今はまるで眠っているかのように静かだ。いずれ利普が妃を迎えれば、またあの華やかな光景が蘇るのだろうか。

公主の乗った御輿が通っているというのに、住人がいるはずの宮ですらしっかりと門が閉じられており、誰も顔を覗かせない。まるで亡霊にでもなった気分だと思いながら、雪花は苦笑いを浮かべる。

後宮の門をくぐり、正門を出た途端に空気の匂いや温度までもが変わったのを感じ、雪花は思わず御簾に顔を近づけた。

そこから見える光景は、まるで別世界だった。

生まれも育ちも後宮だった雪花にとって、市井の暮らしぶりはなにもかもが珍しい。

老若男女が交ざりあい、笑ったり喋ったりしながら行きかう光景は目に眩しく、心臓が高鳴った。

花嫁御輿に気がつき、声をあげて手を振ってくれる者もおり、後宮での静けさが嘘のような華やかな道中になっていく。

先を歩く従者が、近づいてくる者たちに祝いだと食べ物を配って歩いていることもあり、たくさんの人々が祝福の言葉を投げかけてくれた。

決して顔を出してはいけないと言われていたために、応えることはできなかったが、生まれてはじめて浴びるように優しい言葉をかけられて、目の奥が痛くなるほど熱を帯びる。化粧を落とすわけにはいかないと何度も瞬きを繰り返し、涙を散らした。

「あ……」

御簾の隙間から、小さな女の子を抱いた母親がこちらに手を振っているのが見えた。その姿が母に重なり、呼吸がままならぬほど胸の奥が締めつけられる。

(母さまが生きていれば、喜んでくれたかしら)

たとえ市井に降りる嫁入りであっても、きっと雪花の幸せを願ってくれたに違いない。

七歳で死に別れた母はいつも優しく雪花を愛してくれた。幸せになってと言って抱きしめてくれたことは、今でもはっきりと覚えている。

決して、あんな死に方をしていい人ではなかった。

(……必ず、お兄さまのお役に立たなければ)

母のぬくもりと、兄の気遣い。それが自分を生かした。

不遇な立場ではあったが、公主として育てられた責任を果たすことが、今の自分にできる唯一のこと。

夫となる焔蓮がたとえどんな人であろうと精一杯お仕えするのだと、雪花は小さな胸に決意を秘めたのだった。

＊＊＊

それからしばらく道なりに進んだ御輿がたどりついたのは、都の外れにある大きな屋敷だった。

周りは閑散としており、人家はほとんど見当たらない。門扉は大きく存在感があるが、どこかさびれた雰囲気が否めない。

「公主さまの到着である。門を開けよ」

従者の声に門がゆっくりと開く。だが誰も姿を現さない。

御輿ごと門の前に置かれた雪花はゆっくりと御簾を上げ、顔を覗かせる。

「あの……？」

「公主さま。ここから先はお一人でお向かいください。我らが御伴できるのはここまでです」

まさかの言葉に雪花は目を丸くする。

嫁入りのしきたりには詳しくないが、婚家からの出迎えもないまま、花嫁が一人で門をくぐるなどありえるのだろうか。

その動揺を感じたらしい従者が、申し訳なさそうな表情を浮かべる。

「公主さまをないがしろにしているわけではないのです。焔家の敷地に、官吏や兵士の類は決して足を踏みいれてはならぬとの皇帝陛下の命でございます」

「ああ……」

焔家は龍神に守られているという瑠親王の話を思い出す。今思えば、あれがすべて事実とは思えなかったが、まったくの嘘でもないのだろう。

皇帝の兵が足を踏みいれた場合、なにかしらの災いが降りかかる可能性がないとは言いきれないのかもしれない。

雪花はすでに皇帝の命により皇籍を外れている。嫁としてこの家に招かれているのならば、きっとなんの障りもないのだろう。

「お荷物は裏門より運びいれておく手筈になっております。どうぞ、お気をつけて」

「ありがとう」

手を貸してもらいながら御輿から降りた雪花は、ゆっくりと焔家の門をくぐった。

すると不思議なことに焔家の敷地に入った途端、ひんやりと涼しい空気が頬を撫でた。まるで池の傍のような清浄な空気があたりを包んでいるのがわかる。道士の住まいとはこんなにも不思議な場所なのか、と雪花は驚きに目を見張る。

物音が聞こえて振り返れば、従者や兵士たちが雪花に頭を下げていた。後宮からここまで気遣いながら連れてきてくれた礼を告げると、まるでそれを待っていたかのように、ひとりでに扉が閉じられる。

隙間なく閉じた扉をしばらく見つめていた雪花だったが、意を決して前を向き、屋敷のほうへ歩みを進めた。

「どなたかおりませんか？　普剣帝が妹、雪花が参りました」

一番近くの建物の上がり口で声をかけるが、誰も出てくる気配がない。何度か呼びかけてみても返事すらない。

他にもたくさんの大きな建物があるというのに、不思議なことに一切の気配がなく、周囲はしんと静まり返っている。

振り返ると、しっかりと閉じられた門が見えた。先ほど、あの門を開閉させたのは誰だったのだろうか。

「……どうしましょう」

雪花は途端に不安になった。

もしかしたら嫁入りというのは偽りで、自分をここに閉じ込めるための謀だったのではないかとさえ思えてくる。

重たい衣裳は立って歩くだけでも負担だった。月花宮ではいつも最低限の衣裳だけで過ごしていたし、こんなに飾りをつけることもなかった。

花嫁衣裳は生地から刺繍まで高級なものだけあって重厚だし、結われた髪も飾りで重く、まっすぐ姿勢を保つのがやっとだ。

だんだん鉛のように重くなっていく身体に、心も引きずられていく。

さっきまでの人々からの祝福とはまるで真逆な状況に、雪花は俯くこともできず、その場に立ち尽くした。

「ああ、すみません。奥にいたものですから出迎えが遅くなりました」

突然、後ろから声がして、雪花は慌てて振り返る。

そこにいたのは、精悍な顔立ちをした男性だった。

まったく気配を感じなかったことに驚いて、雪花は礼儀を忘れてその人をまじまじと見つめた。

年の頃は利普よりも少し若いといったところだろうか。

黒曜石のような黒い瞳が優しげな色をたたえ、まっすぐに雪花を見ている。艶やかな黒髪は後ろでひとつにくくられており、身に着けている服も墨で染めたように真っ黒だ。唯一色づいている肉付きの薄い唇が、柔らかな笑みを作っている。

人形かと思うほど整ったその容貌に、雪花は思わずほおっと見惚れてしまう。

（きれい……）

皇族も皆、揃って整った顔立ちをしているし、後宮に働く者たちも見目麗しい者は多い。

だが目の前にいる男性は、それらとはまったく種類の違う美しさを持っていた。芸術品のような、ひとつ高みにある存在。

雪花は彼こそが焔蓮であるとすぐに理解した。人ならざる龍の血を引いているというのは、あながち間違いではないのだろう。

「あなたが、焔蓮さまですか？」

「ええそうです。お待たせしてしまい、本当に申し訳ありませんでした」

ふわりと微笑まれ、雪花は顔に熱が上るのを感じた
「こちらこそ、勝手に入り込んで申し訳ありません」

「いいんですよ。その衣裳では大変そうだ。手を貸してもよろしいですか？」

「……はい」

迷いながらも雪花は頷き、差し出された蓮の手を取った。

大きな手のひらは温かく、雪花は落ち着かない気分になる。

瑠親王から焔家にまつわる話を吹きこまれていたこともあり、蓮という男はもっと恐ろしい見た目で偏屈な人なのだと、どこかで身構えていたのだ。

自分のことも、普剣帝から無理に押しつけられた面倒ごとだと思っていたらどうしようかと、本当は恐れていた。

だが、こうして実際に顔を合わせた蓮は見た目が美しいだけではなく、横柄さの欠

片もない優しい人物であることが伝わってくる。

（やはりお兄さまは嘘など言っていなかった）

　利普は安心していいと言ってくれた。瑠親王の言葉を信じるつもりはなかったが、不安でたまらなかったのも事実だった。

　この人となら、うまくやっていけるかもしれない。むしろ、こんな美しい人の妻が自分に務まるのだろうかと思い、雪花は落ち着かない気持ちになる。

「まずは中に入りましょう」

　蓮の声は柔らかく、まるで流れる水のような音色をしていた。聞いているだけで不思議と心が落ち着いてくる。

（この声、どこかで……？）

　手を引いてくれる蓮と並んで歩きながら、雪花は記憶をたぐる。

　見上げる蓮は雪花よりも頭二つほど背が高く、しっかりとした体つきからは気品が溢れていた。身にまとう香も優しく、穏やかな香りだ。

　宮中で見かける高官にも見劣りしない気品をたたえていた。

　歩幅も、急いで歩けぬ雪花を気遣ってくれるのがよくわかる。

　威圧感も気取ったところもまったくない。これまで雪花が関わってきたどんな男性とも違う蓮という存在に、雪花の心臓は痛いほどに高鳴った。

蓮に連れられて母屋に足を踏みいれる。後宮のような華やかさはないものの、品の良い品々で整えられた屋内は、蓮と同じ優しい空気を漂わせていた。

だが不思議なことに、ここに来るまで使用人の一人も見かけなかった。

こんな大きな屋敷なのに雇い人がいないなどあるわけがない。もしかして自分に気を遣って下がらせているのだろうかと不安になり、雪花は蓮を見上げた。

「あの、他に家人はいらっしゃらないのですか？　ご挨拶をしておかなければ」

「残念ですが、私に家族はいません」

「え？」

「陛下から聞いていませんか？　父母はすでに亡くなり、兄弟もいない。俺が唯一の焔家なのです」

「あ……」

夫となる男性のことをなにも知らなかった自分が恥ずかしくなり、雪花は顔を伏せる。

「失礼なことを口にしてしまい、申し訳ありません」

「気にしないでください。こちらこそ説明が足らず、申し訳ありませんでした」

「でも……」

「この家に暮らす焔家の人間は私だけです。家の中のことは仕えてくれている者がいますので、公主さまはお気になさらず過ごしてください」

「挨拶はしなくてよろしいのですか？」

「……どうもあいつらは恥ずかしがり屋のようで、公主さまに姿を見せるのを迷っているのですよ。大丈夫、いずれ顔を合わせる機会があるでしょう」

どうにもまわりくどい言いまわしだが、使用人はちゃんといるようなので安心した。

雪花は蓮に案内されるままに屋敷の奥へ進んだ。

「まあ、きれい」

奥の居室の前には美しい庭が造られていた。

明るく開けたその場所は真っ白な敷石が敷き詰められており、まるで雪が降った朝のようなまばゆさがあった。

「お気に召すかわかりませんが、公主さまに用意した場所になります」

「私のために？」

「ええ。あなたはその名の通り、雪のように清廉で美しいですから」

突然の賛辞に、雪花は頬を染めて首をすくめる。

褒められることに慣れていなかったし、蓮のような美しい男性から容姿を褒められると恥ずかしさが勝ってしまう。

だが、彼が口調からは偽りも誇張も感じない。心からの言葉なのだと素直に受け止められる。

「ありがとうございます」

か細い声で礼を口にする雪花に蓮は小さく頷くと、中庭を通り抜け、雪花の住まいになる部屋に案内してくれた。

不思議なことにどこか懐かしさを感じる造りをした部屋の中は、雪花が好きな色合いの家具や調度品で揃えられている。

一歩足を踏みいれると、優しい白檀の香が鼻をくすぐる。緊張で硬くなっていた身体がほぐれていくようだった。

「陛下から話をお聞きして、なるべく元のお住まいに似せて部屋を整えました」

「まあ」

蓮の言葉に、雪花は自分が感じた懐かしさが気のせいではなかったことに気がついた。

間取りは違うが、この部屋は月花宮で過ごしていた部屋と似ているのだ。寝所の上掛けの色まで揃えてくれていることに、雪花は感動を隠しきれなかった。

蓮にとって、雪花の降嫁(こうか)は半ば強引なものであったことは想像にたやすい。これほどまでに美しい人ならば、相手は選ぶほどいたことだろう。

だが、皇帝からの勅命を断ることはできない。無下(むげ)に扱われても仕方がないと覚悟していたのに、こんな気遣いをしてもらえるなど考えていなかった。

「こんな過分な……」

「いいえ。公主さまをお預かりするのですから、できるかぎりのことをするのは当然です」

「え……？」

わずかな違和感のある言葉遣いに、雪花は一瞬動きを止める。

蓮は今、なんと口にしたのだろうか。

「早く休ませてさしあげたいのですが、先に霊廟にご案内してもよろしいですか？」

「え、ええ。お願いします」

焔家ほどの家になれば、屋敷の中に先祖を祀る霊廟があるのは当然だろう。

そもそも雪花は嫁入りして来たのだ。霊廟にて先祖たちに挨拶しなければ、婚儀を済ませたことにはならない。

通常の結婚ならば、人を招き、盛大な祝宴を経て、男女はようやく夫婦と認められるのだと聞かされていた。

だが焔家にはそんな準備をしている気配がない。霊廟に向かう回廊でも蓮はなにも言わず、雪花は違和感を抱かずにはいられなかった。

「こちらになります」

焔家の霊廟(れいびょう)はとても立派で荘厳な造りだった。中に足を踏みいれると身が引き締まるような思いがする。

常に火が絶やされることがない眩しすぎるほどの皇族の廟(びょう)とはまったく違い、ひんやりとした空気が流れていた。

蓮は慣れた手つきで線香に火を灯し、礼拝の準備を整えていく。

「公主さま」

「はい」

促され、膝をついて祭壇へ頭を下げる。

雪花はここに祀(まつ)られている焔家の人々に思いを馳せた。龍の血を引く人々がここに眠っていると考えると、肌が粟立ってしまう。

「誠心誠意、焔家にお仕えすると誓います」

考えるより先に、雪花はそう口にしていた。

事実はどうであれ、焔家は利普が雪花の嫁ぎ先に選んだ家だ。雪花は焔家の嫁として、これから先、蓮に尽くし家を盛り立てていくのが役目となる。

これまでは後宮で息を殺して生きてきた。目立たぬように、誰の目にもとまらぬようにと。

これからはここが自分の居場所なのだと、雪花は自らに誓いを立てて頭を下げた。

「公主さま……」

隣にいた蓮から聞こえたのは、戸惑った声だった。

雪花は先ほど感じた違和感が気のせいではなかったのだと悟った。

「どうぞ頭を上げてください。ここにお連れしたのは、あなたがここで暮らす報告をするためで、そのような誓いを立てていただこうとは思っていなかったのですよ」

「……ですが、蓮さま。私は焔家に嫁いだ身です。祖先の皆さまに誓いを立てるのは当然ではありませんか？」

「困りましたね……」

美しい人というのは困り顔まで美しいのだな、と雪花は妙な感慨を覚えつつ、蓮を見上げた。

黒曜石の瞳が迷うようにわずかに揺れているさまは、まるで夜空の星のようだとぼんやりと考えてしまう。

引き結ばれていた蓮の唇から、短く苦しげな吐息が零（こぼ）れた。

「陛下は本当に、あなたになんの話もしていないのですね」

「蓮さま？」

「ここではなんですから、あちらで話をしましょうか」

差し出された蓮の手に、そっと己の手を重ねる。

先ほどとなにも変わらないはずなのに、なぜかその手を冷たく感じた。

案内されたのは、庭に作られた池を望む小さな亭だった。

中央の机には、まるで蓮と雪花が来ることを見越していたかのように茶器が用意されており、釜からは湯気が立ちのぼっていた。

誰の姿も見なかったし気配もしなかったのに、どうやってと雪花が目を丸くしていると、蓮が苦笑いを浮かべる。

てっきり彼が手配したと思っていたが、蓮にとっても予想外の準備だったようだ。

「どうやら私たちの会話を聞いていたようですね」

「いつのまに……」

「まあ、我が家で働く者たちについてはおいおい説明させてください。でもまずは、私たちはお互いについてよく話をしなければならないようです」

雪花を座らせた蓮は、慣れた手つきで茶を注いでくれた。渡された湯呑の温かさに気持ちが和らぐのを感じる。

これから聞かされる話は、自分にとって良いものではないとわかっているのに。

「……さて、どこから話しましょうか」

茶を一口飲んだ蓮は、なにかを考え込むように顎に手を当てて首を傾げた。

その姿はまるで一枚の美人画のような美しさで、雪花はいけないものを見ているような気持ちになり、慌てて視線を逸らす。

そんな雪花に気がついていないのか、蓮は公主さまと優しく呼びかけてくる。

「陛下は、此度のことについてどう説明を？」

「蓮さまが兄……陛下を救った褒美として、私を娶らせることを決めた、と」

「なるほど」

蓮の眉間にわずかに皺が寄った。その表情に、雪花は冷水を浴びせられたように身体が冷えていくのを感じる。

その表情は嫌悪と拒絶だ。周りの大人たちの顔色をうかがって生きてきた雪花にはよくわかった。

「陛下はずいぶんと話を省かれたようだ。私が陛下をお救いしたのはあくまで偶然であり、意図したものではありませんでした。故に、褒美の類は一切必要ないとお伝えしていたのです」

「そんな……」

では、どうして自分はここにいるのだろう。

利普が自分に嘘を吐くとは思えなかった。あの場にはたくさんの官吏たちがいたし、瑠親王も雪花は褒美として降嫁すると言っていたはずだ。

「私は間違いなく、陛下からあなたに嫁ぐように言われました。まさか、間違いだったとでも?」

「そうではありません。あなたを妻として屋敷に迎えるようにと言われ、了承したのは事実です」

「……では、なにが問題なのでしょう」

「私が陛下から受けた命は、あなたを後宮から出すための隠れ蓑になれ、という内容でした」

「え……?」

思いがけない蓮の言葉に、雪花は悲しみを忘れて目を大きく瞬かせる。

「隠れ蓑……?」

「そうです。陛下は、月花宮で寂しく暮らす公主さまをずっと心配しておられました。あのまま、後宮から出ることなく魂が尽きてしまうのではないかと」

静かに語る蓮の言葉は、やはり嘘には聞こえなかった。

だが雪花にはどうしても理解できない。それならば、なぜそうだと言ってくれなかったのだろう。

大きく見開いた瞳で蓮を見つめれば、なぜか困ったような笑顔が返される。

「おそらく真実が外に漏れるのを防ぐために、あなたに事実を伝えなかったのでしょうね。ここに陛下から預かった手紙があります。読まれますか?」

「はい……」

震える手で受け取った手紙の字は、紛れもなく利普のものだ。ゆっくり紙を開くと、皇帝としてではなく兄としての言葉が書き連ねてあった。

『雪花。お前を騙すような真似をして悪かったと思っている。不甲斐ない兄を許してくれ。お前をあのまま後宮に置いておくことは、お前のためにならぬと判断し、焔蓮にお前を託すと決めた。変わり者だが、悪い男ではない。決してお前が嫌がることはしないように言い含めてあるから安心しなさい。たとえ離れていても、雪花の幸せをずっと祈っているよ』

「利普兄さま……」

兄の文字に、涙が溢れる。

手紙を汚しそうになり、慌てて顔を逸らすと、蓮が懐紙を差し出してくれた。

手紙を机に置き、受け取った懐紙で目元を押さえる雪花の背を、蓮の手が撫でさする。その優しいぬくもりに、雪花は涙の止め所を見失ってしまった。

「ああ、泣かないでください。困ったな」

蓮は本気で慌てているようだった。どうにかして雪花を宥めようとしているのが伝わってくるが、言葉が見つからないのだろう。不安そうな顔のまま、雪花の背中をさすりながらも、もう片方の手で自らの頭を乱暴にかいている。

その姿がどこかおかしくて、雪花は泣きながら小さく笑った。

「では、蓮さまは私をかくまってくださるつもりで？」

「ええ。でも、まさか公主さまが本当に嫁入りしてくるつもりだったとは考えておらず、失礼をしました。こんな男の妻になるなど不安だったでしょう」

「そんなことは……」

むしろ一目会ったときからこの人が自分の夫になるのかと密かに胸をときめかせていたなどとは言えず、雪花は気まずさに目を伏せた。

一人で勝手に期待し、落胆していたことを思い出すと、穴に入りたい気分だ。

「どうぞ、気の済むまでゆっくりと過ごしてください。ここにはあなたを傷つけるような者は誰もおりません」

「蓮さま……」

「蓮、と」

「え」

「公主さまにかしこまった呼ばれ方をするような男ではございません。気軽に蓮とお呼びください」

「でも……」

男性を呼び捨てになどしたことがない雪花は、どうすればよいかわからなかった。

せいぜい役職や肩書きをつけて呼ぶか、家名で呼びかけたことしかない。明心にも、皇族以外の男性を気軽に名前で呼んではならないと教わってきた。後宮において、名で呼びかけることは、その相手が特別な存在だという意味を孕んでいるからだ。

「公主さま？」

蓮は困っている雪花を心配しているようすだったが、どうして困っているのかわからないらしい。

後宮で育った女が男を名前で呼ぶ意味を知らないのかもしれない。

いくら蓮がその意味を知らなくても、雪花にとっては恥ずかしくてたまらないことだ。

蓮のことを、一度は夫になる相手だと覚悟していただけに、余計に。

しばらくの逡巡を経て、雪花はようやく口を開いた。

「……蓮さまも私を名前で呼んでください。たとえ、周りを欺くための嫁入りであっても、私は皇籍を離れた身。公主ではありません」

「なるほど。では、雪花さま、と」

「雪花、と」

「は？」

「蓮さまが、私にさま付で呼びかけるならば、私もやめません」

半分意地のような言い分だった。出会ってから頑なに「公主さま」と呼びかけてくる蓮に仕返しをしたい気持ちもあったのかもしれない。

ここにいるのは公主でもなんでもなく、一人の雪花という人間などだと蓮にわかってほしくてたまらなかった。

「……なるほど。確かにそう言われるとなかなか……」

蓮は自分が提案したことの意味を、ようやく察したようだ。

照れたように頬を指先でかくと、眉を下げながら小さく肩を揺らして笑った。

「では、お互いに慣れるまで呼び方はこのままでもいいでしょう。誰かが訪ねてくることもありませんし」

「お客人は来ないのですか？」

「ええ。私は無能な道士なので、依頼をしたいなどと思う奇特な方はまずいません」

「はあ……」

それでどうやって生活していると言うのだろうかと、雪花は眉根を寄せる。

見たところ暮らしぶりは悪くはなさそうだが、なんの勤めもせずに維持できるものとは思えない。だが、宮中で焔家という名前は聞いたことさえなかった。

不安と戸惑いが混じった雪花の視線に気がついたのだろう。蓮はほんの少しだけいたずらっぽい笑みを浮かべる。

「安心してください。雪花さまの暮らし向きに関しては、陛下よりしっかりと銀子を預かっておりますので苦労はさせませんよ」

「私は……別に……」

苦労したくないと思ったわけではないが、そう受け取られかねない表情をしてしまっていたことを雪花は恥じる。

どんな暮らしぶりでも構わないと思っていたのに、自分がこんなにあさましい人間だとは思わなかった、と。

「ずっと後宮で過ごされていたのですから、市井の暮らしを不安に思うのは当然です。私のことは兄だと思って気兼ねせず、なんでも言ってください」

「兄……」

出会ったばかりの蓮を兄だと思えと言われても、到底受け入れがたい提案だった。

腹違いの兄はたくさんいるが、言葉を交わしたことがあるのは利普と瑠親王くらいのものだ。他の兄たちは、雪花という存在などはじめからいなかったように、徹底的に無視した。麗貴妃に睨まれており、後ろ盾もなにもない雪花に構う理由など彼らにはないのだから、当然だろう。

故に、雪花が心から兄だと慕うのは利普ただ一人。

蓮を兄と思うなど、無理に決まっている。

（どうして……無理なのかしら）

雪花は自分の心に浮かんだ反発心の理由に、疑問を抱いた。

出会ってから今までの短い間で、蓮という人物の優しさは十分に知ったはずだ。

それに利普が自分を預けたということは、信頼に足る人物であることも間違いないのだろう。

ならば、なんの問題もないはずなのに。

胸の奥になにかがつっかえたような苦しさを感じながら、雪花は目の前で優しく微笑む蓮を見つめることしかできなかった。

「さあ、その姿ではなにもできないでしょうから、お部屋で着替えてください。荷ほどきも、もう終わっているはずです」

「え……」

いつのまに、と雪花は空を見た。

まだ日は高いままで、ここに来て数刻も経っていない。

荷造りだって数日かけたのだから、そんな短い時間で終わるはずがないのに。

戸惑いながら立ち上がろうとした雪花は、今の自分が花嫁衣裳を身につけていることを一瞬忘れており、その重さで体勢を崩してしまう。

「おっと」

大きな手が雪花の肩を抱き寄せた。

（あ……！）

その瞬間、頭をよぎったのは、呪いから雪花を助けてくれた黒い道士の姿だった。

支えられたまま、まじまじと蓮を見上げると、優しい瞳と視線がぶつかる。

鼻腔をくすぐる優しい香りは、あの日と同じものだった。

「あなただったのですね……」

雪花の言葉に、蓮の瞳が丸くなる。

「私を呪いから助けてくださったのは、蓮さまだったのですね」

「気づかれてしまいましたか」

いたずらが見つかった子どものような顔で微笑む蓮に、胸の奥がきゅうと音を立てた。

「なぜ」

どうして今まで黙っていたのか。驚きと疑問で感情をないまぜにしながら、雪花は蓮を見つめる。

「あの日、私は陛下に呼ばれて、内密に登城していた最中でした。騒ぎを起こすわけにはいかなかったんです」

「陛下に？」

「ええ、あなたとの婚儀について話すために。驚きました。まさか、あの場所であなたに会うなんて」

肩を掴んでいた手を離しながら、蓮は雪花の前に回ると地面に膝をついた。まるで家臣が主（あるじ）に忠義を示すような体勢を取られ、雪花はうろたえる。

「呪われているあなたを見て、陛下の気持ちを痛いほどに理解しました。悪意溢れるあの場所にいてはいけない。救ってさしあげたい、と心から思ったのです」

大きな手が、雪花の手を取る。兄が妹を愛でるような優しい手つきだというのに、心がざわめいてしまうのはどうしてなのだろうか。

「私にできることであれば、なんなりとお伝えください。あなたが心穏やかに生きていけるように尽力するつもりです」

柔らかな笑みに滲（にじ）むのは、心からの敬愛だとわかる。嘘偽りなく雪花を案じ、守ろうとしてくれる。

その優しさに胸を打たれながらも、雪花はどうしても素直に蓮の言葉を受け入れられないでいた。

＊＊＊

蓮の言葉どおり、雪花の部屋はすっかり整えられていた。

持ってきた荷物は片づいており、大切な物を詰めた長箱はきちんと机の上に置かれている。完璧すぎる準備と配慮に雪花は驚きを隠せない。

「支度が終わったら、母屋のほうへ来てください。食事を用意しておきます。これからのことは、夕餉のあとでゆっくり話しましょう」

蓮は雪花を残して部屋を出ていってしまう。

部屋に一人残された雪花は椅子に腰を下ろすと、自分がひどく疲れていたことにようやく気がついた。

朝から今の今まで慣れぬ衣裳で動き回り、嫁入りの真相を知り、これまでに出会ったどんな男性とも違う蓮と語らって。

たった半日で世界が造り変わったような気分だった。

「着替えないと……」

一人で脱げるだろうかと不安になりながら、雪花は髪に手を伸ばす。

簪をひとつ引き抜いただけで、頭がすっと軽くなる。繊細な細工の飾りが施されたそれは花嫁衣裳と共に届いた物だ。すべて手ずから揃えてくれたという利普の優しさに微笑みながら、簪をそっと抱きしめた。

「そんなに大切な物なの？」

「えっ！」

振り返ると、さっきまで誰もいなかったはずの室内に人が立っていた。

栗色の髪をきっちりと結いあげて小さな顔を晒(さら)す彼女は、若いというより、まだ幼い少女だ。

意志の強そうな瞳は珍しい錫色(すずいろ)で、この国の子どもではないことがわかった。服装もどこか垢抜けており、女官や召し使いというよりも商家の娘といったほうがしっくりくる雰囲気を漂わせている。

「あの……」

「私、小鈴(ショウリン)。あなたの世話をするように蓮さまから頼まれたの」

見た目同様に少し舌ったらずな口調に、雪花は思わず頬を緩める。

後宮では自分より幼い子どもを見る機会はほとんどなかった。

嫁入りした公主が、里帰りに子どもを連れて戻ってくることがあっても、雪花がその場に呼ばれることはまずなかった。少し離れた宮から聞こえる子どもの声は心地よかったが、自分が孤独であることを煽(あお)るものでもあった。

「お世話って……」

可愛らしい小鈴の姿は好ましいが、世話をしてもらうとなれば話は別だ。

さすがにこんなに小さな子に、傍仕えの真似事はさせられない。

「大丈夫。ある程度のことは一人でできるから、小鈴はそこで遊んでいて」

「だめ。蓮さまがお願いしてきたんだから叶えるのが小鈴の役目。大丈夫、小鈴はできるわ。子どもじゃないのよ」

胸を反らして自信に満ちた表情を浮かべる小鈴はとても愛らしく、雪花は困った。無理に追い返しでもしたら、泣かれてしまいそうだ。

どうしたものかと考え込んでいると、小鈴は子猫のように素早い動きで雪花の背後に回り、器用な手つきで髪についた飾りを外していく。

「あ、あの」

「じっとしてて」

「はい！」

思わず素直に返事をした雪花は、すでに小鈴のなすがままだ。

最初は不安に思っていたが、小鈴は本人が口にしたとおり、子どもっぽい乱暴さは欠片もない優しい手つきで雪花の髪を解いていく。小さな指先が髪を撫でる感触が、疲れていた雪花の心を癒やしていくようだった。

「その手に持っている簪も貸して」

「これは……」

小鈴の手に渡すのが一瞬不安になり、雪花は簪をぎゅっと抱きしめる。

そのようすをじっと見ていた小鈴は目を何度も瞬き、首を傾げた。

「小鈴、壊したりしないよ」

「大切な人から贈ってもらった物なの。自分で片づけるわ」

「ふうん。わかったよ」

不思議そうではあったが納得してくれたらしい。気を悪くしなかっただろうかと不安になる雪花だったが、迷いのない手つきから本当に気にしていないのが伝わってくる。

雪花は簪(かんざし)を自分で引き出しにしまうと、今度は着替えを手伝ってもらった。

花嫁衣裳は装飾も多く、身に着け方も複雑だ。だが、小鈴は器用な手つきでそれを解いてくれた。むしろ、雪花よりも丁寧で迷いがない。

机の上に積み上げられていく重い衣裳を眺めながら、一人ではどうにもできなかっただろうと雪花は苦笑いを浮かべる。

「ありがとうね」

「ふふん。言ったでしょ、小鈴はできるって」

「本当ね」

小鈴が来てくれてよかったと雪花は素直に感謝した。

そして嬉しそうに笑う小鈴の笑顔に、胸を温かくするのだった。

最初は不安だったが、小鈴はよくしつけられた子どものようで、脱いだ衣裳も迷いない動きで片づけていく。小さな背中がとても頼もしく見えた。

使用人にしてはあまりに若いので、住み込みの子どもなのかもしれないと雪花は勝手に納得する。

なんとか着替えを済ませたあとは、濃く塗られた化粧を小鈴が持ってきた手巾で拭った。

ようやく普段の自分にもどったような心地に、全身が軽くなる。

「疲れてる？」

「……そうね、少し疲れたかもしれません」

「歩ける？　運んであげようか？　小鈴、力持ちだよ」

「ふふ。大丈夫よ。でも、少しだけ手を貸してくれる？」

「もちろん！」

雪花の願いに応えるように、小鈴は雪花の手を取って一緒に歩いてくれた。

小さな手が、まるで守るようにしっかりと手を掴んでくれる。子どもにしては体温の低いひんやりとした肌が、心地いい。

隣を歩く小鈴を見下ろしながら、雪花は自分がまだ自己紹介さえしていないことに気がついた。

「小鈴。挨拶が遅くなったけど、私は雪花というの。今日から焔家にお世話になることになったから、どうか仲よくしてね」

「知ってる。利普の妹なんでしょう？　顔は似てないけど、匂いがそっくりだからすぐわかったよ」

「……お兄さまを知っているの？」

驚きのあまり雪花は足を止めた。

その口ぶりから、小鈴は利普と面識があるようではあった。だが、いくら面識があっても皇帝を名前で呼ぶなど許されることではない。

「最近は来ないけど、前はよく遊びに来ていたからね」

「ここに？」

「蓮さまのお友達でしょ。だから小鈴も相手をしてあげてるんだ」

「まあ」

なんでもないことのように語りながら雪花を見上げる小鈴に、雪花は口元を押さえる。

（この子はお兄さまが皇帝だと知らないのかも）

それなら理解できる。肩書きを伏せて蓮家に足を運んでいたから、小鈴とも顔を合わせたことがあるのかもしれない、と。

もし利普が皇帝だと知っていたら、いくら子どもといえども、こんな態度を取れるはずがない。

「そう……利普兄さまがここに……」

「いつも妹の話をしていた。小さくて心配だと。確かに雪花は少し気が弱いから、もっとしっかり食べたほうがいい」

「ん？」

気が弱い、とは気性のことだろうか。

確かに気性は強いほうではないが、しっかり食べたほうがいい、とはどういうことだろう。心の持ちようが食事で変わるという話は聞いたことがない。

だが、子どもらしい考え方だと雪花は微笑で返事をする。

少しだけ噛み合わない会話を楽しみながら、二人は蓮が待つ母屋にたどりつく。

「蓮さま、雪花を連れてきたよ」

「小鈴。雪花さまはお客人なのだから、呼び捨てにしてはいけないと言っておいただろう」

「いいんですよ、蓮さま。小鈴はまだ小さいんですから、構いません」

「まったく……小鈴、呼ぶまで向こうに行ってなさい」

「はーい！」

素直に返事をした小鈴は、雪花を一度だけ見上げるとニコリと笑って奥のほうへ駆けていってしまった。

まるで子兎のような素早さに雪花が驚いていると、蓮が「すみません」と苦笑いを浮かべる。

「あの子はどうにも落ち着きがなくて……あれでも我が家にいる連中の中では大人しいほうなのですが。ご迷惑はかけませんでしたか」

「とんでもない。とてもいい子で助かりました。小さいのに手際がよくて……」

「はは」

どうしてだか、蓮の笑い声は上ずっているように聞こえた。雪花から視線を逸らし、小鈴が走っていったほうをじっと見ている。

もしかしてなにか余計なことを言っただろうかと心配になったが、怒っているようすではないのが逆に気になる。

「とにかく食事にしましょう。しっかり食べて、まずは健康になってください」

「先ほど、小鈴にも言われました。気が弱いから食べたほうがいいと……私は、そんなに不健康そうに見えますか？」

「小鈴がそんなことを……そうですね、あまりに華奢（きゃしゃ）なのでかき消えてしまいそうで不安になります」

「すみません」

「ああ、責めているわけではないのですよ。儚げで美しいと言っているのです。油断したら誰かにさらわれてしまいそうなほどに」

耳や頬が痛くなるくらい熱を持つのを雪花は感じた。

先ほどから、蓮は歌を詠むように賛辞を次々と口にする。褒められることに慣れていない雪花に、その言葉は刺激が強すぎて、どう返事をしていいのかわからない。

「後宮では細い女性が理想とされているのかもしれませんが、ここは違います。安心してしっかり食べてください」

言いながら蓮が机の上に並べはじめたのは、どれも湯気の立った温かそうな食事だった。

たっぷりの料理が盛りつけられた色とりどりの皿が所狭しと置かれていく光景に、雪花の瞳は自然に輝いた。

月花宮に届けられる食材は最低限のものばかりで、お腹を満たすことが最優先だった。

宴でもないのに、こんなたくさんの食事を目にするのは久しぶりだった。いや、宴の食事よりもずっと素晴らしいものに見える。

「あなたに食べてほしくて、はりきってしまいました」

「これを、蓮さまが？」

「全部ではありませんがね。あなたの口に合えばいいのですが」

促されて椅子に座った雪花の前に小皿と箸が置かれる。

まさか自分で取って食べろというのだろうかと、雪花が目を丸くして顔を上げると、蓮が期待するような顔でじっとこちらを見ていた。

公主たるもの、自ら皿に箸を伸ばしてはいけないとずっと言われてきた。切り分けたものが手元に運ばれ、女官に食べさせてもらうのが作法だ。決して自分であれが食べたいなどと主張することは許されない。なおかつ、位の高い人々が口にしたものしか食べてはいけない暗黙の決まりもあり、小食であることが上品とされる妃や公主たちの集まりで、一番格下である雪花が口にできるものはいつだってわずかだった。

「あの……」

「どれでも好きなものを召し上がってください」

「……」

好きなものと言われても、おいしそうということ以外、雪花には味の想像もつかなかった。

おそるおそる握った箸で、一番手前にあった皿から肉と野菜を炒めたものをそっと取り分ける。口に運ぶと、しゃきしゃきとしたほどよい歯ごたえと甘辛い味わいが舌を刺激した。体温よりも温かい食事など、いつ以来だろうか。呑み込むだけで胃の腑がほんのりと熱を帯びるのがわかった。

「おいしい……」

「なによりです。さ、もっと食べてくださいね」

皿に取り分けるのさえためらいがちな雪花を見かねたのか、蓮は迷いのない箸捌きで雪花の皿に料理を盛っていく。

蓮はまるで雪花の食べる速さや気になっている料理がわかるかのように、絶妙なタイミングで「どうぞ」と皿を差し出してくれるのだ。

それに料理はどれもこれもおいしくて、一口食べるごとに身体に沁みわたっていく。

「気に入ってくれてよかった。では俺も一緒にいただきましょうか」

雪花がようやく自分から積極的に食べはじめたことに安心したのか、蓮も向かいの席に座り、一緒に箸を動かしはじめた。

(今、『俺』とおっしゃったわ。少しは気を許して下さったのかしら)

目の前で自分以外の誰かが食事をしている。これもまた雪花にとってははじめてに等しい経験だった。母が生きていたころですら、食事は別だったのに。

使用人の一人でも傍にいれば気が紛れたのだろうが、ここには本当に二人しかいない。

男性と二人で食事をするなんて、これまでの雪花の人生ではありえないことだった。

食事をするフリをしながら、雪花は向かいに座る蓮を盗み見る。

(食べるお姿まで綺麗)

背筋を伸ばし、優雅な箸使いで食事をする蓮の口元があまりに綺麗で、雪花は慌てて食事に視線を落とす。

見てはならないものを見てしまったような気分で落ち着かなくなり、さっきまではおいしいばかりだった食事の味までわからなくなりそうだった。

「人と食事をするのは不思議な気分です」

「え……?」

「先ほども言いましたが、この屋敷に暮らす人間は俺だけです。食事はいつも一人でしたから」

蓮の視線は机に並べられた料理に注がれている。伏せられた睫毛が影を作り、蓮の美しい顔が憂(うれ)いを帯びた。

焔家の屋敷は、雪花が暮らしていた月花宮などとは比べものにならないほど広い造りをしている。

小鈴のような使用人がいるとはいえ、家族もなく過ごす蓮の孤独を他人事だとは思えない。

（一緒なんだ……）

こうやって会話を交わすまで、雪花は蓮のことをとても特別な存在だと思い込んでいた。

肩書きや聞かされた噂、自分の夫になる男性であるという先入観だけではない。蓮自身の美しさや大人びた態度から、自分とはまったく違う人間なのだと。

だが、大きな屋敷で家族を持たず過ごす蓮は、自分と似ているのかもしれない。

「私も、こうやって誰かと食事をするのははじめてです」

「いつも一人で？」

「ええ。女官は傍にいてくれましたが……私は立場のこともあり、食事会に呼ばれるようなこともありませんでした。いつも運ばれてくる冷たい食事を食べるばかりで。こうやって温かな食事を誰かと食べる日が来るなんて、想像もしていませんでした」

心の中にあった寂しさや悲しみが口にするだけで解けていくような気がしていた。

身体を温めてくれるおいしい食事や、蓮の優しいまなざしのおかげかもしれない。

「とても、不思議な気持ちです」

「……一緒ですね」

「ええ」

お互い気恥ずかしそうに微笑みあうと、なにも変わっていないはずなのに食卓がさらにぬくもりを増した気がする。

それからお互いにポツリポツリと会話をしながら食事を続け、気がつけば皿はほとんど空になっていた。人生でこんなに食べたのははじめてだと雪花が恥ずかしそうに頬を染めると、蓮もつられて食べすぎてしまったと声を上げて笑う。

お腹が膨れれば心も満たされるのだろう。今日ここに来たときから先ほどまでの怒濤のような時間を、少しだけ穏やかに噛みしめることができた。

まだ、すべてを納得できたわけではない。

整理しきれぬ感情もまだ、心の奥には渦巻いていた。

でも。

箸を置いた雪花は蓮へとまっすぐに向き直ると静かに頭を下げた。

「雪花さま？」

「蓮さま、ありがとうございます」

あの日、呪いを解いてくれたこと。後宮から救い出してくれたこと。これからはじめる新しい暮らしを用意してくれたこと。

すべてに感謝しながら、これからの日々を過ごそうと雪花は心を決めた。

「ふつつかものですが、どうぞよろしくお願いします」

こうして、雪花の新しい生活は幕を開けたのだった。

三章　穏やかな日々

翌日。

雪花が目を覚ましたときには、すっかり日が昇りきっていた。

嫁入りの緊張などで疲れ果てていたこともあり、早く床についたにもかかわらずだ。

慌てて母屋に向かうと、朝餉（あさげ）の準備が終わっているどころか、蓮はすでに食事を済ませていて、雪花は自分の失態に青ざめる。

「すみません。初日からこんな無作法を……」

「お疲れだったのでしょう。気にしないでください。俺は、朝は茶だけで済ますことが多いので、夜を必ず一緒に食べることにしませんか」

蓮の優しすぎる気遣いに、雪花は顔を赤くしたり青くしたりしながら何度も頷く。

一緒に過ごせる時間には傍にいるようにしなければと雪花は固く決意した。

蓮に見守られながら朝食を済ませたあと、雪花は再び焔家の中を案内してもらった。

昨日歩いたのは焔家の半分にも満たない範囲だったのだ。

家人がいないこともあり、建物の半分近くは無人。

かつてはこのすべてに人が住んでいたと聞かされ、焔家は本当に大きな家門なのだと、雪花は純粋に驚きながら蓮の話に耳を傾ける。

「今は俺しかいませんが、祖父の代には四人の息子……俺の父を含む四兄弟が東西南北に分かれて焔家を管理していました。しかし、先の戦で伯父たちは命を落としてしまい……生き残ったのは父だけでした。その父も数年前に流行病で命を落とし、ご覧のとおり、焔家の直系は俺一人です」

「そうなのですね……あの、お母さまや伯父君たちの奥方は……」

「母は俺を生んですぐに病で亡くなっています。伯父の奥方たちは、父が手配をして生家に戻ってもらったそうです。焔家は辺鄙(へんぴ)な場所にありますからね。若い身空を捧げてもらうにはあまりに不憫(ふびん)だと」

「……まあ」

市井(しせい)の暮らしに詳しいわけではないが、焔家の行いはずいぶん寛大だと雪花は感じた。

嫁入りした以上は、たとえ夫が亡くなっても婚家に尽くすのが女性としての役目。特に戦で夫を亡くした妻ともなれば、それを誇りにして寡婦として家を守り伝えていくのが美徳とされている。

「意外ですか？」

「私が教わった話とは、あまりに違うので……」

「高貴な家系ともなればそのあたりは厳しいのでしょう。ですが、庶民の暮らしでは珍しいことではありません。子どもを持てる若い女性をただ家に縛っておくようなことをすれば、後ろ指をさされてしまいます」

「でも、焔家はとても大切な家系だと」

「古い伝説です。今となってはそれが本当かどうかなど誰にも証明できませんし、そんなことのために誰かの人生を棒に振らせることなんて、俺ならしたくありません。俺は父の判断を正しいと思っていますよ」

「でも、蓮さまはお寂しかったのでは？」

雪花の言葉に蓮が意外そうに目を丸くした。まさか自分のことを心配されるとは思っていなかったのだろう。何度も瞬きながら雪花を見つめていた。

「寂しくなかった、と言ったら変ですかね」

困ったなとでもいうように蓮が首を傾ける。

その仕草はどこか少年のようなあどけなさがあり、雪花の胸がどきりとする。

「確かに家族がおらず、一緒に食事をする人間がいないというのは寂しいものがありました。ですが、俺には俺を慕ってくれる者たちがいましたから」

「慕ってくれる……？」

「まだ紹介できてはいませんが、小鈴たちをはじめとする者たちです。彼らも雪花さまと話したくてうずうずしているようです」

「小鈴」

小鈴の顔を思い出し、雪花は笑みを浮かべた。小さく愛らしいあの姿を、今日はまだ見ていない。

「小鈴のご両親やご家族ですよね。昨日のお礼も言いたいですし、ぜひお話をしたいです」

「家族……そうですね、そのようなものです」

だが、蓮の口調はなぜか歯切れが悪い。もしかしたら、小鈴がここにいるのはなにか訳があるのかもしれない。親のおらぬ子を見習いとして雇うこともあると聞く。小鈴には親がいないのかも、と雪花は自分の考えの浅さが恥ずかしくなった。

「すみません、余計なことを」

「いえいえ。きちんと説明できないこちらが悪いのです。あなたをあまり驚かせたくなくて」

「驚く？」

「……いずれすべて説明します。今日はまず、ここの暮らしを知るところからはじめましょう」

それから蓮は焔家の中を隅々まで案内し、水場や庭園についても教えてくれた。

基本、いつどこに行ってもかまわないが、霊廟とその後ろにある祈祷所だけは決して近づかぬようにと念押しされる。道士の家なのだから、それは当然だろうと雪花は神妙な顔で頷いた。

「俺はたいがい部屋にいますが、稀に祈祷所に詰めていることがあります」

「お仕事ですか？」

「似たようなものです」

それまでなにを聞いても優しく答えてくれていた蓮が、急に壁を作ったように雪花は感じた。

丁寧な口調だが、それ以上は踏み込んでくれるなと言うようなその態度に、少しだけ不安になる。

出会ってまだ一日しか経っていないこともあるが、あまりに知らないことが多すぎると気がついてしまったからだ。

「……決して雪花さまが不安に思うようなことではありません。ただ、どうしてもこなさなければならない役目があるのですよ」

雪花の不安を感じ取ったのだろう。蓮が優しく微笑みかける。

もし雪花が本当に焔家に嫁入りした身であったならば、蓮はすべてを教えてくれただろうし、雪花もまた教えてほしいと言えたかもしれない。

だが、雪花はあくまでも建前として嫁入りしただけで、実際は蓮の妻でもなんでもないのだ。

「ここが最後になります」

蓮が案内してくれたのは、屋敷のちょうど中央にある二階建ての高殿だった。

他のどの建物よりも立派で門も大きなものだ。宮中にもこんな立派な建物はなかったかもしれないと思いながら、雪花はそれを見上げた。

屋根の棟には見事な石細工の龍像が飾られている。

「ここは焔家が昔から集めている資料や道具などをしまってある保管庫です。私は龍厘堂と呼んでいます。上階には危険なものもありますので鍵をかけていますが、下階は自由に出入りをしてもらって構いませんよ」

「自由に、ですか?」

「ええ。書物を読むもよし、楽器を奏でるもよし、道具を使って書や絵を描くなど、好きにしてください」

蓮に促されて中に入ると、大きな空間がぽっかりと広がっていた。

壁一面の棚にはたくさんの書物や紙束だけではなく、蓮が言ったようにさまざまな楽器や筆や絵の具などが並んでいる。

「いいのですか？」

「はい。雪花さまは、ここでぜひ好きなことを見つけてください」

「好きなこと？」

「そうです。夢、とでもいうのでしょうか。やりたいことや、この先どう過ごしたいのか」

突然そんなことを言われてもと、雪花は受け止めきれない思いで部屋の中を見渡す。

後宮で息をひそめ、誰の目にもとまらぬよう、静かに生きることだけを己に課してきたこともあり、なにかを楽しむという考えなどなかった。

「陛下はあなたに自由になってほしいとおっしゃっていました。ですが、あなたはずっと後宮に閉じ込められて選択肢の存在すら知らなかったと思います。なので、まずはここで世俗のことを学ばれてください」

「学んだあとは、なにをすれば……？」

「それは雪花さまの選択次第です。もしここを出たいと思うのならば、新しい身元を作ることだってできますよ」

「……！」

ここを出る。そんな想像もしていなかった選択があることを知らされ、雪花は息を止めて蓮に顔を向ける。

蓮の表情は穏やかなままで、まるで小さな子を見守るような目でこちらを見ていた。

「でも、そんなことをすれば蓮さまの立場が」

「心配には及びません。あなたを自由の身にする手段はいくらでもあります。それは我々大人が考えることですので、お気になさらず」

なんでもないことのように言う蓮の言葉に秘められた意味を、雪花は理解できなかったが、おそらくいろいろと考えてくれているのだろう。

戸惑いながらも、再び龍厘堂の中を見渡す。

見たことも触れたこともないような物から、目にしたことはあっても手に取る機会すらなかった物までさまざまだ。

それは雪花にとって憧れてやまなかった光景そのもので……

月花宮で暮らしていたころ、利普が学師を派遣してくれたことが何度かあった。

だが、どこから聞きつけたのか麗貴妃や瑠親王が手を回してすぐに辞めさせてしまううえに、用意された書物や楽器などの道具もなぜかいつのまにか消えていくのだ。

雪花はなにかを学ぶ楽しみをずっと奪われ続け、いつのまにか学びたいという気持ちすら失ってしまった。

だが本心では、他の兄姉のようにいろいろな芸術に触れたいと思っていた。

「陛下はあなたが自分からすべてを断っているのだと、最初は思っていたそうです。

あとから事実を知り、とても怒っておられましたよ」

「兄さまは、知っていらしたんですか？」

「ええ。ですが、陛下はまだ妃を迎えられていないこともあり、後宮内部へ口を出しづらかったのでしょう。あなたに手を差し伸べられなかったことを、ずっと悔いていました」

「兄さまが……」

「だからこそ、ここでなにかを見つけてほしいと願っておいでです。さ、触れてみてください」

促され、雪花は棚へ足を進める。書物も気になったが、それよりも目を引いたのは、棚の上に飾られている月琴だった。

不思議な光彩を放つ石で彩られた品のいい装飾と、ぴんと張られた銀色の弦が、雪花を呼んでいるような気がしたのだ。そっと抱えてみると、それは驚くほど軽く、そして手に馴染む。

「ほお、それを選びましたか」

「いけませんでしたか？　もしかして、貴重な品とか」

「いえいえ。どうせ私では使いこなせぬ品ばかりです。あなたが触れて使ってくれるのなら、きっとそれも喜びます。好きなだけ、使ってあげてください」

「はい……」

嬉しそうに笑う蓮にほっとしながら、雪花は月琴を優しく抱きしめた。

はじめて自分で選んだ楽器は、無機物なはずなのになぜか温かく感じたのだった。

＊＊＊

茶を飲む蓮と会話をしながら朝餉（あさげ）を楽しんだあとは、龍厘堂で過ごすのが雪花の日常となった。

使用人たちの姿を見かけることはなかったが、時間が来れば用意されている食事や、不在の間に整えられている部屋を見るに、誰かがいるのは間違いないのだろう。

月花宮にいたときより服装は気軽なものに変わり、突然誰かが来るのではないかという恐怖に怯えることもない。穏やかで心地のよい時間だけが流れていく。

とはいえ、小鈴すら見かけないことは不思議だった。

遊ぶ声どころか、話し声さえしない。使用人たちはいったいどこに息をひそめているのだろうと。

だが、雪花が蓮にその疑問を投げることはなかった。なぜなら、生まれてはじめて好きに学んでいいと言われたことが嬉しくてたまらなかったからだ。

あっというまに季節は巡り、嫁入りのときには蕾だった夾竹桃が美しい花を咲かせている。

今日も雪花は龍匣堂の中で月琴を奏でていた。

「ほんとうにいい音色……」

膝に抱えた月琴は、まるで雪花の心を読んだかのように素直な音色を奏でてくれる。

以前は笑うことが苦手だったのに、月琴に触れるようになったことで、失われていた感情が蘇ったように頬が勝手に緩むことが増えた。

雪花が月琴を嗜んだのは幼いころ、ほんのわずかな期間だけだったが、指は基本を忘れていなかったらしい。

ぎこちなかったのは最初の数日で、今では記憶を頼りに短い曲を奏でることができるようになっていた。

時が経つのを忘れてなにかに没頭すること自体が、雪花にとってははじめての経験で、とても充実した時間であった。

しかし、弦の硬さに馴れていない指先は数刻で痛みを訴える。

最初にはりきりすぎて指の腹を切ってしまったことを教訓にして、月琴の時間は午前中だけと決めていた。

「もう少し、弾ける曲があればいいのだけれど」

記憶を頼りに演奏するのは限度があった。曲を教えてくれる誰かがいれば、もう少し上達できるのにと惜しみながら、雪花は月琴を丁寧に拭き上げて棚へ戻す。

午後からは書物を読むようにしていた。美しい絵巻物以外にも、歴史やいろいろな分野を研究した書物も多く、知らなかった世界をたくさん学んだ。

目を背けていた政を知り、宗国を取り巻く家門の力関係なども知った。

学ぶ中で、雪花はこれまで自分がどれほど利普に守られていたのかを理解した。

ともすれば、熱中しすぎて夕餉を食べ損ねてしまいそうなものだったが、夕刻に近づくとどこからともなく涼やかな鐘の音が聞こえてくるので、蓮と約束した時間に遅れずに済んでいる。

「今日はなにをして過ごされたのですか？」

「月琴の練習をして、本を読んでいました。今日お借りしたのは、国の成り立ちにまつわる伝承で、とても興味深かったです」

「月琴は、ずいぶんと上達したようですね。音色がよく聞こえてきます」

「お恥ずかしい……でも独学ではなかなか難しいですね。知っている曲が少ないので、なかなかこの先に進むのは大変そうです」

「向上心がおありなのは素晴らしいことだと思いますよ」

蓮と向かい合わせで食事をしながら、その日なにをしたかを報告するのが雪花の日課になりつつあった。

　決して深い部分には踏み込んでこないのに、雪花が知りたいことや語りたいことをわかっているかのように水を向けてくれるものだから、ついつい饒舌になってしまう。

「いろいろと読んで思ったのですが、同じ出来事を記録してあるのに、本によっては内容が少しずつ異なるのが不思議です」

「語り部の立場によって、ものの見方は変わりますからね」

「立場ですか？」

「ええ。たとえば鳥を愛玩用に飼っている人間からすれば、鳥をいじめる人は悪人でしょう。しかし作物を育てている人間からすれば、鳥は種や新芽を食べる害獣ですから、鳥を追い払うのは当然です」

　蓮の語る言葉はとてもわかりやすい。宮中で生きる人たちはわざと難しい言いまわしをしたり、故事になぞらえたりして物事を伝える。

　直接的な言葉を使うのは、高貴な存在のやるべきことではないのだと教わってきた雪花には驚きだった。

　ろくに勉強をする機会を与えられなかったこともあり、彼らが自分に向けた言葉に含まれる毒をあとになって知り、涙したことも少なくない。無知を嘲（あざけ）られ、ここにお前の居場所はないと瑠親王から面と向かって言われたこともある。

だが、蓮は決してそんなことを口にしない。雪花が知らないことをわかりやすく言葉に乗せ、納得できるまで話してくれた。

「なるほど……では、物事を正しく記せるのはそのどちらもでもない人、ということでしょうか」

「俯瞰的、全体的な視点で記録されるという意味ではそうと言えるかもしれません。ですが、その人物が両者の苦悩をしっかりと聞き取っていなければ、無意味です。そこまで踏み込んだ記録を残せる人はそういません」

自分が読んだ話はどうだっただろうかと、雪花は記憶をたどりながら蓮の言葉を噛みしめる。

「歴史や伝承において、正しいか正しくないかは大きな問題ではありません。そこに描かれている出来事が秘めた内情、そしてそれを記した人物が誰であったかを考えること。これもとても大切な視点なのですよ」

「……難しいのですね」

「あまり深く考えすぎなくても大丈夫です。あくまで、そういう考え方もある、くらいに思っていただければ。なにかを学ぶときに、視野が広ければ広いほど、得るものは大きいですから」

「はい」

蓮という人物はなんと優しく賢い人なのだと、雪花は常々感じていた。決してなにごとも強要もせず、追及もしない。雪花に場所と道筋を示してくれる。

共に過ごす時間は、一日の中でも朝と夕方だけなのがほとんどだった。それでも雪花には十分すぎる関わりだった。蓮はいつだって雪花に優しく穏やかに接してくれた。

だからこそ、雪花は不思議でならなかった。どうして彼に伴侶がいないのかと。

物腰は流れる水のように優雅なうえ、黙って座っているだけで、まるで絵に描かれるような美丈夫。もしも宮中に現れたら、未婚の女官や公主たちが放っておかないだろう。

彼女たちは見た目の麗しい官吏を観賞用として愛でることを密かな楽しみにしていたほどだ。雪花は異性に興味を持ったことがなかったのでその気持ちはわからなかったが、蓮に出会ったことで彼女たちが騒いでいた理由を理解しはじめていた。

美しい人というのは、傍にいるだけで気持ちが華やかになる。

たとえそれが手の届かない存在であっても。

（蓮さまは自分を兄のように思えと言ってくださった。つまり、蓮さまにとって私は妹……いいえ、ただの客人なのかもしれない）

そう考えると胸の奥に棘（とげ）が刺さったような痛みを感じるようになったことに、雪花は気づきはじめていた。

焔家での暮らしは、雪花にとって人生ではじめて訪れた春のような日々だった。

広く明るい屋敷の中で、誰にも蔑まれず、憐れまれず。突然やってくる予期せぬ来客に怯える必要もない。

一人で過ごす時間ばかりなのに、いつも誰かに見守られているような居心地のよさだけがある。

好きなことを学び、明るい空の下で誰に咎められることもなく広い庭を思うがままに眺め、音楽を奏で、本を読む。

そして優しく話を聞き、雪花を導いてくれる蓮がいる。

雪花にとってそれは、なによりも幸せなことだった。

（ずっとここにいられればいいのに）

そう願わずにはいられない。

だが、蓮がいつかは自分を外の世界へ出す気なのだということも理解していた。

特に強要されたわけではないが、雪花の部屋には蓮が選んだのであろう書物が何冊か置かれている。それは市井での暮らしを事細かに記したものや、ここではない他所の国の言葉を学ぶためのものだ。

食事時にも、屋敷にいるかぎりは不要なはずの商売の仕組みや、金銭にまつわる話をしてくれる。

語る言葉の端々に、ここ以外で暮らす準備がはじまっているのを雪花は敏感に感じ取っていた。

それはおそらく兄である普剣帝の望み。後宮で潰えるつもりでいた雪花を外に逃がしたいと考え、偽りの嫁入りまでさせてくれた兄のことだ。自分を焔家に留め置く考えはないのだと雪花は悟っていた。

ずっと雪花を傍に置いておくのは蓮にとっても負担だろう。

この先、蓮が本当に妻にしたい女性に出会ったとしても、雪花が妻としてここにいるかぎり思いを遂げることはできないだろう。

共に過ごす時間が幸せであればあるほど、雪花の中には形にできない不安が降り積もっていく。

一度黒く染まった心はじわじわと侵食され、つい先ほどまで感じていた穏やかな気持ちが急に萎(しぼ)んでしまう。

(私はどこにいてもお荷物なのだわ)

幸せだと素直に思えるまっすぐさを持てない自分の卑屈さが嫌になると、雪花は静かに箸を置いた。

「蓮さまは本当に素晴らしい人です」

「雪花さま?」

「私を匿っていることで、あなたにご迷惑をかけているのかと思うと、申し訳なくて」

こんなことを言えば余計な気を遣わせるだけだとわかっているのに、止まらなかった。

憂鬱な気持ちに染まった顔を見せたくなくて俯いていると、蓮が静かな声で呼びかけてくる。

「あなたはなにも思い悩む必要はないんですよ」

「え……？」

顔を上げると、黒曜石の瞳がまっすぐに雪花を見つめていた。優しい笑顔にはなんの陰りもない。

「あなたをここに招くことに同意したのは俺です。もともと、俺は生涯独身でいるつもりでした。焔家も俺の代で終わりにさせます」

「焔家を……!?」

驚きを隠せず、雪花は手に持っていた匙を滑り落としてしまった。

この立派な屋敷や、手入れされた庭、立派な霊廟、そしてたくさんの芸術が詰まった龍厘堂。

もし焔家が潰えてしまったら、いったい誰がここを守るのだろうか。

家門を守り維持することは、子孫にとって最も大切にすべき役目だ。だが、蓮はそれを終わらせると口にした。

「蓮さま、そのような」

「驚かれるのは無理もありません。ですが、それが私の望みです。だからこそ、陛下はあなたの降嫁先に我が家を選ばれました。あなたが自由を望んだとき、好きに生きていける道を、俺なら用意してさしあげられますからね」

「でも、このような素晴らしい家門を閉じてしまうなど」

「雪花さまには関係のないことです。お気になさらず」

「っ……」

その口調は以前、蓮が仕事について口にしたときと同じで、決してそれ以上踏み込ませないというような強い意志を感じさせるものだった。

蓮の考えは強固で、そこに雪花の感情や願いを挟みこむ余地はないように思えた。

蓮にとって雪花は望まぬ婚姻の隠れ蓑であり、雪花を大切にすることは普剣帝の願いだからだと言われているようで、なぜか泣きたい気持ちになる。

無言のままに口に運んだ食事の味は、最後までわからなかった。

＊＊＊

翌朝は重たい目覚めだった。夢見も悪く、寝着が汗でじっとりと重い。

冷えた朝の空気が体温を奪っていく気がして、雪花はますます気分が暗くなった。

（久しぶりにあの夢を見たわ）

降り積もる雪を染める母の血。最愛の母を失った記憶は、いまだに鮮烈な記憶として脳裏に焼き付いている。

以前は三日と明けず、母の死を夢に見ていた。だが、焔家への嫁入りが決まった日から昨日まで、夢なんて見なかったのに。

蓮の言葉に傷ついたからというよりは、雪花の抱える不安が記憶を呼び起こさせるのかもしれない。

「着替えないと」

「じゃあ小鈴が手伝うよ！」

「‼」

突然聞こえた声に、雪花はびくりと身をすくませて顔を上げた。いつからそこにいたのか、小鈴がニコニコした顔で立っていたのだ。

　あの日とまったく同じ姿でそこに立つ彼女は、相変わらず愛らしい。

「小鈴、来てくれたの？」

　くりくりとした可愛い顔に微笑みかけられ、雪花は自分が人恋しかったことに気がついた。

　蓮とは朝と夕のわずかな時間しか会話をしない。学ぶことが楽しくて忘れていたが、やはり誰とも関わらないのは寂しいことだったのだ。

「うん。蓮さまが行けっていうから」

「蓮さまが？」

「そうなんだよ。これまでは雪花が落ち着くまで姿を見せるな、って言っておきながら勝手じゃない？　小鈴はもっと雪花と話したかったのに」

　小さな頬を膨らませ、小鈴は納得いかない気持ちを隠そうともしていない。

　腕を組んで、全身で怒っていると表現しているようだった。

「蓮さまが、そんなことを？」

「そうだよ！　小鈴と雪花はなかよしなのにひどい！」

「ふふ……」

　怒る小鈴があまりに可愛くて、雪花は思わず笑ってしまった。

　さっきまでは憂鬱（ゆううつ）でたまらなかったのに、今は目の前の小鈴をどうやって宥めるべきかと考えている。

「怒らないで、小鈴。来てくれて嬉しいわ」

雪花が笑いかけると、小鈴の表情が少しだけ和らいだ。大げさに怒りすぎたことに気がついたのか、少しだけ気まずそうに視線を逸らす。唇をとがらせる姿はやはり可愛らしい。

「着替え、手伝ってくれる？」

「……うん」

最初に会ったときと同じように、小鈴は手際よく雪花の着替えを手伝ってくれた。汗に濡れた寝着をぬがせ、いつのまに用意したのか、温かいお湯で濡らした布で冷えた身体を拭いてくれる。

小さな手が労わるように身体を撫でる感触には、こわばっていたなにかが解けていくような心地よさがあり、雪花は安堵の息を吐きだした。

「雪花、身体が元気になってるね」

小鈴がどこか満足そうに言いながら雪花に服を着せてくれる。

髪を櫛でとかし、優しく結いあげてくれる指先の動きはどこか楽しげだ。

「わかるの？」

「うん。弱かった気がとても強くなってる。ちゃんとご飯食べてるからだね！」

「……？」

どういう意味だろうと聞きたくなったが、とにかく喜んでいる小鈴の笑顔が可愛らしいので雪花もつられるように笑みを返す。

小鈴の指先は幼子とは思えないほど巧みで、あっというまに雪花の髪を結いあげてしまった。

「行こう。ちゃんと食事は食べなきゃ」

「え」

昨日の今日だったこともあり、顔を合わせるのが少し気まずくて、今日の朝餉(あさげ)には遅れていくつもりだったのだ。

だが小鈴が手伝ってくれたこともあり、用意も早く済んでしまったし、ひんやりとした小さな手を振り切るわけにもいかない。

戸惑いを隠しきれぬ雪花は、そのままいつもどおりの時間に母屋についてしまった。

普段と変わらぬ食事が並んだ机。だがいつもの席に蓮の姿はない。落胆の気持ちが伝わったのか、小鈴が不安そうに顔を覗きこんでくる。

「雪花、悲しいの？」

「……ちがうの。違うのよ」

顔を合わせてしまえば、昨日のことなどなかったように話せるのではないかと期待していた。だが現実はやはりうまくいかないものだと、雪花は小鈴に促されて椅子に座る。

食事は今用意されたかのようで、まだ湯気が立っているものばかりだ。だが蓮の気配はどこにもなく、雪花は思わず部屋の中を見回す。

「雪花、蓮さまを探してる？　蓮さまは用事があるから出かけてるよ」

「そう、なの」

なにも聞かされていなかったことへの驚きと、不在を教えてもらえなかった悲しみで雪花は目を伏せた。

『雪花さまには関係のないことです』

昨晩のやりとりが頭に浮かんでは消える。余計なことを言わなければよかったと後悔しても遅いのだろう。

雪花にしてみれば、龍の血脈を継いでいるだけではなく、龍厘堂にあるような素晴らしい知識と芸術を保管している焔家を、蓮の代で閉じるなど信じられない話だった。

だが、雪花は蓮についても焔家についても、なにも知らないも同然だ。にもかかわらず蓮の考えや気持ちを否定するような言葉を発してしまったことは、怒りを買っても仕方がないことなのだろう。

蓮は行き場のない雪花を焔家に迎え入れてくれただけではなく、学ぶ自由まで与えてくれた恩人なのに。

「大丈夫だよ。蓮さまはすぐ帰ってくるから。雪花のせいじゃない」

「小鈴？」

「だから小鈴に雪花を迎えにいかせたんだ。ここに来て一人だったら悲しむだろうかって」

「え……」

小鈴は雪花は驚きで固まっていることに気がついていないのか、すぐにお茶の準備をはじめてしまう。

身支度を手伝ってもらったときも感じたが、小鈴は見た目からは信じられないほどに手際よく働いてくれる。本当に幼子なのだろうかと思うくらいだ。

落ち込みたいのに、周りをちょこまかと動き回る小鈴をつい目で追ってしまう。

「さあ、食べて雪花。そしてもっと元気になってね」

「……小鈴も一緒に食べましょう。こんなにあっても食べきれないわ」

「これは雪花のためのご飯。それに小鈴は食べなくても平気だからいいんだよ」

「平気？」

「そう。だから早く食べて」

もう食事を済ませたというには妙な言いまわしだと首を傾げたが、小鈴は相変わらず可愛い笑顔のままだ。雪花に食べてほしくてたまらない、という瞳を向けられてしまえば逆らうこともできない。

雪花は静かに匙を手に取ると、小鈴に見守られながら朝餉を口に運んだのだった。

＊＊＊

「早く早く」

「待って、小鈴」

食事を終えたら今日は部屋で過ごすつもりだったのに、なぜか小鈴に手を引かれ、雪花は龍厘堂へ向かっていた。

「月琴の練習をしてるんでしょう。聞かせて」

「でも、今日は……」

蓮と交わした会話がまだ尾を引いており、月琴を奏でる気分にはなれない。

今日は本でも読んで過ごそうと思っていただけに、まさか小鈴に月琴の演奏をねだられるとは考えておらず、雪花は戸惑うばかりだった。

どうやって断ろうかと考えているうちに、あっというまに龍厘堂についてしまう。

目を輝かせて龍厘堂を見上げる小鈴に、雪花はおずおずと声をかけた。

「あのね、小鈴」

「遅いぞ」

「……え？」

雪花の声かけに返事をしたのは、小鈴ではない別の誰かの声だった。

一瞬、蓮かと思ったが、蓮にしてはずいぶんと冷たい口調だったし、そもそも声が違う。

声の主を探すために雪花が顔を上げると、いつからそこにいたのか、小鈴と同じ年頃の少年が腕を組んで龍厘堂の入口に立っていた。

「え、ええと」

「琥珀。もう出てきたの？」

「お前たちが遅いんだろ」

小鈴は少年がそこにいるのが当たり前のような態度で近寄っていく。

背丈もほとんど変わらぬ二人が並ぶと、揃いの人形のような愛らしさだ。

とても不思議な少年だった。

まるで月光を糸にしたような銀髪に琥珀色の瞳。小鈴同様、この土地の者ではないことが一目でわかる。

(二人とも異国の子なのかしら。西国あたりに住む人は、髪や瞳がこの国に暮らす人

とは異なる見た目をしているというし）

珍しさで雪花が少年から目を離せないでいると、少年の瞳がまっすぐに雪花を見据えた。猫のように吊り上がった瞳にこもる力強さに思わず数歩後ずさると、少年はふんと鼻を鳴らした。

「おい、お前。今日はこの琥珀さまが月琴の稽古をつけてやる。本来ならばもう少しあとにするつもりだったが、蓮がやれと言うから仕方ない」

「ええ？」

「琥珀、えらそう。蓮さまに優しくするように言われてるのに」

「うるさい！　小鈴はあっちにいってろよ！」

「あ〜〜！　そんなこと言ったらいけないんだぞ！」

会うなり稽古と言われて戸惑う雪花を他所に、琥珀と名取った少年と小鈴は、まるで子犬がじゃれるように言い合いをはじめてしまった。

小さな二人のやりとりは微笑ましいが、喧嘩にまで発展しそうな勢いに雪花は困り果てる。

いがみ合い、嫌味を飛ばす大人同士のやりとりには、悲しいが慣れている。そういうときは自分の気配を完全に消してしまうのが一番だ。

だが、幼い子ども同士の喧嘩を雪花は知らない。どうやって宥めればいいのだろうか。

「あ、あの……」

「ほら。琥珀が怒るから雪花が困ってる」

「小鈴のせいじゃないか！」

「やめて二人とも！」

思いがけず大きな声になったことで、小鈴と琥珀はぴたりと動きを止めた。

気まずそうな視線を受けた雪花は、自分が出した声に驚いたこともあって、ほんのりと顔を赤くする。

一瞬この場を逃げ出したくなったが、自分は年長者なのだからと必死に気持ちを引き締め、そっと二人に近寄る。

「……お願いだから喧嘩なんてしないでね。あの、琥珀……でいいのかしら。私に月琴を教えてくれるそうだけど……」

「ああそうだ。この琥珀以外にお前に月琴を教えられるものなど、この龍厘堂にはおらぬ」

雪花に声をかけられたことで調子を取り戻したのか、琥珀はすぐに勝気な表情になり、自慢げに胸を反らした。

その横では小鈴が納得いかないような顔で目を細め、琥珀を睨みつけている。

雪花はそんな二人を交互に見つめて首を傾げた。

「あなたが、月琴を……？」

「そうだ。不満か」

「いいえ、めっそうもない」

芸の才に年端は関係ない話だということは、雪花もよく心得ていた。

かつて、先帝が後宮に招いた演者の中には若者も多く、彼らが奏でる音楽は素晴らしいものだった。

だから見た目で才能を決めるつもりはないが、琥珀はどう見積もってもまだ子どもと呼べる年頃だ。だが先ほど琥珀や小鈴が口にしたことが事実なら、おそらく昨夜、月琴について学びたいと口にした雪花を気遣い、蓮が琥珀を寄こしてくれたのだろう。

その優しさを無駄にしたくはない。

「とても嬉しいです。よろしくお願いします、琥珀」

ふわりと微笑んだ雪花に琥珀は、う、と短く唸ると顔を背けてしまった。

なにか悪いことをしたのかと雪花が慌てていると、なぜか小鈴はくすくすと肩を揺らして笑った。

＊＊＊

「そこはもう少し緩やかな調べだ」

「はい」

「うん。音は悪くない。絃の震えを大切にしろ」

　琥珀の月琴指導は、雪花が思っている以上に優しく、真摯なものだった。

　これまで独学で学んでいたときには出せなかった音が出るようになり、新しい曲も学べた。なにより、誰かと共に音楽を学ぶ楽しさに、雪花は笑顔を浮かべながら月琴を奏でていたのだった。

　一通りの練習を終えた雪花は月琴を丁寧に手入れしながら、琥珀に頭を下げる。

「琥珀、ありがとうね。おかげでとっても楽しかったわ」

「……別に。蓮に頼まれたからだし、お前が熱心に練習しているのを見ていたからな」

「見ていた？」

「ああ。よく飽きないものだと皆も感心していたぞ」

「皆って……」

まさかここで練習しているのを他の使用人たちが見ていたのだろうかと、雪花は顔を赤くした。

今でこそそれなりに奏でられるようになったが、最初の音色はとても人に聞かせられるような代物ではなかったはずだ。恥ずかしい、と雪花が月琴を抱きしめると、今度はなぜか琥珀が顔を赤くする。

「その月琴、そんなに気に入ったのか」

「ええ。見た目の美しさだけじゃない。とても優しい音がする素敵な月琴だわ。私にはもったいないくらい素晴らしい品よ」

「ふうん」

「琥珀、嬉しいんでしょ。よかったね、雪花に好きになってもらえて」

「うるさいぞ小鈴！」

「小鈴？」

そのやりとりは微笑ましいが、二人がなにを言っているのかわからず、雪花は首を傾げた。琥珀と小鈴の視線が向かう先が、自分の腕の中にある月琴であることに気がつき、もしかして、と月琴を琥珀に差し出す。

「これ、もしかしてあなたの物だったの？　ごめんなさい、勝手に！　返します！」

持ち主がいるとも知らずに使っていたのかと雪花が青ざめると、琥珀と小鈴が慌てて首を振る。

「そうじゃない！　それは確かに俺だが……‼　俺じゃ不満だって言うのか？」

「そうだよ雪花。琥珀は、雪花に選んでもらってとっても喜んでたんだよ」

「え？　え？」

二人の慌てぶりと言われていることの意味がわからず、雪花は目を白黒させた。

小鈴は必死に雪花に月琴を抱きしめさせてくるし、琥珀は雪花以上に蒼白だ。

三人で慌てふためいていると、小鈴がうっかり体勢を崩してつまずいた。

手を伸ばしたが間にあわず、小さな体がぱすりと床に倒れる。

「小鈴！」

「きゃ‼」

シャラン、と軽やかな鈴の音が響いた。

「……え？」

目の前にいた小鈴が消えた。

小鈴がいるべき場所には、小さな鈴飾りが転がっている。しかもその鈴は、風もないのに一人で左右に揺れてしゃらしゃらと美しい音色を立てている。

鈴の付け根についた飾りは、小鈴の服と同じ色合いで。

どうしたらいいのかわからず雪花が呆然と鈴を見つめていると、琥珀がはぁ、とため息をつきながら前に進み出て、鈴をそっと持ち上げた。

「慌てるから変化が解けるんだぞ。蓮がいないのに、どうするんだ小鈴」

「うるさいなぁ！　そう思うなら助けてよ！」

「え？」

最初は聞き間違いかと思ったが、姿の見えない小鈴の声がその鈴から響いてくる。

それどころか、鈴は声に呼応するように左右に揺れて音を奏でながら、あれこれと声を上げているようにしか見えない。

琥珀はその不思議な光景に驚くでもなく、当たり前のように鈴に話しかけている。

「お前は本当に世話が焼ける。まだ五十歳にも満たないガキなんだから、大人しくしてればいいんだよ」

「ふんだ。それを言うなら琥珀なんて二百歳なのに子どもっぽいじゃない！」

「なんだと！　このちび鈴！」

「なによ爺琴！」

「待って。その鈴……もしかして、小鈴なの？」

驚きに声を上げた雪花に二人はぴたりと動きを止める。

音がしそうなほどのぎこちなさで雪花を振り返った琥珀の顔は引きつっており、顔の見えない鈴までもがどこか顔色が悪そうな気がするのは気のせいだろうか。

「鈴……鈴が喋っているのよね？　それに五十歳にも満たないって」

しかも琥珀は二百歳と言っていなかっただろうか。意味がわからず琥珀と鈴を見比べる雪花に、琥珀が再びはぁと大きくため息を吐いた。

「お前のせいだからな」

じっとりとした視線を向けられた鈴が、返事の代わりに控えめな音を響かせる。

この屋敷に来てからのさまざまな出来事が雪花の頭の中を駆け巡り、ひとつの答えを導き出した。

「……二人は、人間ではなかったのね」

おそるおそる問いかけた言葉に、琥珀はゆっくりと頷いたのだった。

＊＊＊

「大切にされた道具には魂が宿る。特に焔家は特別な場所だから、人の形になれるんだよ」

「まあ……」

膝の上でコロコロと転がる鈴から聞こえる声は、紛れもなく小鈴のものだ。

小鈴は真鍮（しんちゅう）の鈴に魂が宿った存在で、つい数年前、蓮によって人に転じる術を学んだばかりなのだという。一人ではまだ化けることができず、蓮の手助けがなければ姿を変えられないため、今は鈴の姿のまま雪花と話していた。

「それで、琥珀はこの月琴の……」

「精霊だ。道具に宿った魂が具現化し、精霊となる。小鈴はその身を人に転じているが、俺は長寿だからな。本体と魂を切り離して人型になることができる」

「まあ……」

長く人に使われた道具には魂が宿るという話は聞いたことがあったが、人型にまで転じられるほどの存在に会う日が来るとは思っていなかった。

むっすりと怒ったように腕を組む琥珀の横には、彼の本体である月琴が横たえられている。

よくよく見れば、髪色は絃の色によく似ているし、装飾に使われている石は彼の瞳の色そのものだ。可愛らしい見た目とは裏腹な鋭く力強い音色も、触れると素直に音を響かせてくれるのも、琥珀の気性に似ているような気がしてくるから不思議だった。

「俺の本当の名は、月琥珀（ツキコハク）と言う。満月の夜に職人が琥珀を使って完成させたことから名前をつけられた」

「この石は琥珀だったのね」

「そうだ。だから俺も琥珀と名乗っている……」

そこまで言って琥珀は目線を落とした。さっきまでの態度が嘘のように萎れてしまったその雰囲気に、雪花はどうしたことかとその顔を覗きこんだ。

「琥珀？」

「気味が悪いだろう」

「え？」

「月琴の化身など、気味が悪いだろうと言っている。くそ、本当なら正体を明かすつもりなどなかったのに」

琥珀色の瞳が雪花の膝にある小鈴に向けられる。睨まれているのがわかるのか、鈴が怯えたように震え、小さな音を立てた。

「もう稽古は終わりだ。俺を使うのが嫌なら、他の月琴を使え。まだ転じられないやつがほとんどだし、お前が望むなら魂の入ってない月琴を」

「いいえ！　私は琥珀がいいわ！」

「は……」

雪花は琥珀の本体である月琴を、再びその腕に抱え込んだ。

「琥珀……いえ、月琥珀だからこそ私は月琴を奏でるのが楽しいと思えたの。それに今日、琥珀が師になってくれて本当に楽しかったわ。あなたがたとえ人でなくても、気味が悪いなんて思うものですか！」

「雪花、私たちが怖くないの？」

「もちろんよ、小鈴。こんなに可愛らしいあなたや琥珀を怖がるなんてありえないわ」

月琴と鈴を愛しげに指先で撫で、雪花は微笑む。

事実、雪花は驚きこそすれ、怖いなどとは微塵も感じてはいなかった。

二人から感じる不思議な空気の理由はこれだったのかと納得したくらいだ。

「……お前が、嫌でないのならいい」

琥珀も雪花の勢いに押されたのか、ほんのりと頬を赤くしてその場に立ちすくんでいた。

雪花は鈴と月琴を腕に抱いたまま琥珀へ近寄り、その小さな手に自分の手をそっと重ねた。

「嫌なものですか。琥珀、どうかこれからも私に月琴を教えて」

「……ああ」

頷いてくれた琥珀に、雪花は花のように微笑み、小鈴もまた嬉しさを隠しきれないようにしゃらしゃらと涼やかな音を奏でる。

正体がばれたのだからもう隠しておくことはないと、琥珀と小鈴はかわるがわる焔家の話を聞かせてくれた。

蓮が最初に語ったように、この屋敷にいる人間は蓮一人だけだという。

他はすべて小鈴や琥珀のように、物に宿った魂が人型となり、使用人の真似事をしているのだとか。

蓮が作っているとばかり思っていた食事も、台所道具から生まれた精霊たちが作ってくれていたのだ。

「蓮のやつ、お前を預かることになったから俺たちに姿を隠しておくようにと言いやがって」

「それは、私が怖がるといけないから？」

「そうだろうな。たいていの人間は俺たちの姿を見ては怯え、喋る道具に恐れをなして逃げ出す。歴代、焔家に嫁いだ女の大半は逃げ出したものさ」

「もしかして……蓮さまの伯父さま方の奥様が家を出たのは」

「そういう理由もあるだろうな。俺はあの女たちに関わったことはないが、屋敷にいる連中とはあまり折り合いがよくなかったようだ」

「そうなの……」

確かに普通に育った良家の娘であれば、喋る道具や人の形になる道具などは恐ろしいのかもしれない。

だが雪花にとってみれば、人より恐ろしいものなどなにもなかった。人は自分のために人を平気で傷つける。

「お前が変わっているんだ、雪花。よく俺たちが平気だな」

「……あなたたちはたとえ人ではなくても優しいわ。私にも親切だもの。どうして怖がる必要があるの？」

「ううん……本当に変な女だな。蓮が気に入るのもわかる気がする」

「え？」

蓮が気に入る？　と雪花は動きを止めた。琥珀は一人納得したようすでうんうんと頷いており、どんどん言葉を続けた。

自分の正体が人ではないことがばれた気安さからか、琥珀の口調ははじめよりも少しだけ大人っぽいものになっていた。

見た目は子どもなのに、語る言葉は高齢の官吏を思わせる。

外見が幼いのはそのほうが力を使わずに済むからだそうで、その気になれば大人にも老人にも化けられるというのだから不思議なものだ。

「この屋敷に蓮の嫁候補としてやってきた娘はお前がはじめてではない。大体は家同士のややこしい繋がりで押しつけられた娘だが、どの娘も早々に屋敷を飛び出していった。蓮は俺たちに姿を隠せとは言わなかったからな」

「まあ」

　確かに、この屋敷に来て早々に喋る鈴や他の道具を目にしていたら、自分だって驚きで腰を抜かしたかもしれないとは思う。

「しかも、俺に直接お前に月琴を教えてやってほしいなどと、あの蓮が頼みごとをする姿ははじめて見たぞ」

「そうなのですか？」

「ああ。蓮は焔家の当主でも一番の変わりものだ。俺たちをただの道具扱いしないのはいいことだが、逆に俺たちとなれ合うこともしない」

「そんなことないよ！　蓮さまは優しいお人だよ！　小鈴を大事にしてくれる！」

「それはお前が、蓮の母親の形見だからだろう。別に無下に扱われているとは言ってない。これまでの焔家の当主は、俺たちの力を使い、道士としての立場を揺るぎないものにしてきた。だが蓮はどうだ？　俺たちを使うどころか、己の力さえ封じて屋敷に引きこもり続けている。このままでは本当に焔家は絶えてしまうぞ」

　どこか憤った琥珀の言葉に、雪花は昨晩の蓮を思い出した。結婚をせず、血を繋ぐつもりもないと言ったあの言葉は本気だったのだろうか。

「蓮さまは、どうしてそんなことを……」

　小鈴を優しく撫でながら雪花がため息を零すと、琥珀が気まずそうな表情を浮かべた。小鈴も雪花の膝で悲しい音を立てる。

「まあ、蓮の気持ちもわからんでもない。焔家は龍の血を引く特別な家門であるが故、制約が多く煩（わずら）わしいことも多い。あやつはそれが嫌なのだろう」

「焔家が龍の血を引いているというのは、本当なのですね」

「ああ、真だ。故に我らも魂を持てている。この龍厘堂をはじめとした焔家の建物には龍の加護が宿っているからな。人に伝わっている話がすべて事実かは我らにはわからんが、龍は焔家の娘に、間違いなく血を分けたのだ。だからこそ、蓮は……」

「琥珀」

シャランと大きな音をさせ、小鈴が大きく跳ねた。琥珀の声を遮（さえぎ）る音に雪花は驚き、琥珀は慌てたように咳払いをして言葉を濁（にご）す。

「余計なことを言いすぎたようだ。歳を取るとつい喋りが過ぎる」

「琥珀？」

「これ以上は俺の口からは言えぬ。蓮が戻ってきたらしっかり話すべきだ」

「でも、蓮さまは……」

昨夜、蓮は焔家の行く末は雪花には関わりがないと一蹴した。

たとえ秘密を知ったからといって、かくまわれている身の上であるだけの自分が、これ以上口を出していいものなのだろうか。

「案ずるな。蓮は根っからの人嫌いだ。本当にお前が嫌いならば、とっくに追い出しているだろう」

「蓮さまが人嫌い？」

そんなそぶりはまったく感じなかった。蓮は出会ったときから雪花に優しく親身だった。いつも穏やかな目で雪花を見つめ、微笑んでくれる。

そんな人が人嫌いなどと信じられないという気持ちで琥珀を見つめると、琥珀はふふんと意地の悪い笑みを浮かべた。

「そうだ。あいつが他人と話すところを見たことがあるか？」

「いいえ」

「なるほどな。いつか目にすることがあるだろうから、そのときはよく見ておけ。なかなかにおもしろいぞ」

「もう。琥珀はどうしてそんな意地悪いことを言うの」

「おもしろいものはおもしろいのだから仕方あるまい。蓮がまともに口をきくのは利普くらいのものだ。それも利普が恐ろしいほどの根気で通いつめてきたからこその関係であろう」

まさかここで兄の名を聞くことになるとは思わず、雪花が驚きに目を丸くすると、琥珀は笑みを深くした。

「俺はてっきり、唯一の友である利普に頼まれたから仕方なくお前を預かっているものかと思っていたが、どうもそうではないようだ。俺たちに頼ることを厭う蓮が頼みごとまでするほどに入れ込んでいるなど驚きだ。なあ雪花よ、さっさと蓮の褥に潜り込んで子を成せ。そうすれば蓮の気も変わるかもしれん」

「琥珀‼」

小鈴が雪花の顔の高さまで跳ね上がって琥珀の口を塞いだ。

雪花は琥珀の言葉を何度か反芻し、その意味を理解するとぽっと頬を朱に染める。

焔家への降嫁が決まったときは、確かに夫となる蓮に仕え、子どもを産むのが役目だと心に決めていた。

だが、それは雪花がそう思い込んでいただけで、実際の嫁入りではなかったのだ。

代わりに手に入れたのは穏やかな日々。叶うならば蓮と共に焔家でずっと過ごしていたいとは思っていたが、それは夫婦としてではない。だが。

「無理です、そんなこと」

雪花は静かに目を伏せた。

そして、自分を兄と思ってここにいればいい、と蓮が言ってくれたことを思い出す。

蓮が雪花を嫁入りと偽り焔家に招いたのは、兄との友情からだ。そしてきっと、雪花を憐れんだからだろう。

「蓮が嫌いか」

「まさか！」

嫌いどころか、雪花にとって蓮は生まれてはじめて、ずっと傍にいたいと思えた人だ。ただその感情が男女の情に通じるものなのか、雪花はまだわからずにいた。

「私は焔家に嫁ぐつもりでここに来たのです。蓮さまの妻になり、子を成し、家を継ぐのが私の務めと思っていました……」

「ならば問題ないではないか。蓮を口説き落とせばいい」

「……でも、蓮さまは私と子を成したいなどと思っていないはずよ」

優しくはしてくれる。だが、それは妹に接するような親愛の情なのだろう。

利普に頼まれ、家族の愛に飢えた雪花を慈しんでくれているのだ。

その優しさにつけ込んで、これ以上をねだることなどできない。

それに蓮のような美しい人に、自分のような華やかさの欠片もない小娘がふさわしいとは思えなかった。

もっと美しく、大人であれば。

そんな想像にわずかに胸が痛むのはなぜなのだろう。

「そうか？　俺にはどう見ても……」

「琥珀！　雪花を困らせちゃだめだよ！　蓮さまに言いつけるからね」

「ぐぬ……小鈴！　お前は焔家が途絶えてもいいのか？」

「それは嫌だけど、雪花が困るのも、蓮さまが怒るのも嫌なの！」

琥珀と小鈴はまた小さな喧嘩をはじめたが、雪花はそれを止める気力もなく、ぼんやりと空を見上げた。

これまで蓮と過ごした日々の中で、いつのまにか降り積もっていた気持ち。それを持て余すように、熱っぽいため息を零したのだった。

それから夕暮れまで龍厘堂で琥珀たちと過ごした雪花は、鈴のままの小鈴を肩に乗せ、母屋へ向かっていた。

「雪花、お腹すいた？　きっとみんなご飯作って待ってるよ」

「挨拶してもいいかしら。これまでいろいろ身の回りの世話をしてくれたお礼を言いたいの」

「もちろん！　みんな雪花と話したがってたから喜ぶよ！」

肩の上で器用に音を鳴らす小鈴に雪花は微笑んだ。

最初は驚いたが、小鈴が鈴であることにはもう慣れてしまった。むしろ小さく可愛らしい姿は愛しくもある。

小鈴は、蓮の母親が焔家に嫁いできたときの嫁入り道具についていた飾り鈴だったらしい。もともとは蓮の祖母が持っていた物らしく、代々大切にされていたこともあり、焔家に来てすぐに意志が宿ったのだとか。

だが喋れるようになったのは、蓮の母親が病で命を落としたあとだったそうで、小鈴は今でもそれが悲しくてたまらない、と音を響かせながら語ってくれた。

「私たち精霊は、大切にしてくれた人間が大好きなの。杏里はとても優しかったから、ありがとうって言いたかったのに」

「蓮さまのお母さまは杏里さまというのね」

「そう。すごく可愛くていい子だったんだよ。雪花、どこか似てる」

「私が？　顔とか、かしら……？」

「ううん。見た目は全然似てないよ。でも、優しそうな気はそっくり」

「気……？」

「そう。私たちは人間に流れている気が見えるんだ。はじめて会ったときの雪花は消えそうなくらいに気が弱くて心配だったんだよ」

小鈴が自分の「気」が弱いと何度も口にしていたことを雪花は思い出し、そういう意味だったのかと理解した。

しきりに食事を取れと言ってくれたのも、食べることで身体を丈夫にして気を強くしてほしかったからだとわかり、小鈴の優しさに雪花は微笑む。

「ありがとうね、小鈴」

「ううん。小鈴が雪花にお礼を言いたいの。蓮さまはずっと一人だったから。雪花が来てからは毎日とっても楽しそうなんだよ」

まさか、と雪花は目を見張る。

それに気がついたのか、小鈴は不満そうに身体を揺らして短い音を鳴らした。

「本当だよ。利普も最近はちっとも遊びに来ないし……雪花がここに来ると決まってからはお部屋を作ったり、どんな食べ物が好きだろうっていつも考えてた。雪花にここで幸せになってほしいって蓮さまは思ってるんだよ」

「蓮さま……」

「でも小鈴は、蓮さまに蓮さまをもっと大事にしてほしい。蓮さまはここで一人消えていくつもりなんだ。ねえ雪花、雪花は蓮さまの傍にいてあげてね。どこにもいかないであげて」

「小鈴」

祈るような小鈴の声に、雪花の胸が痛んだ。

足を止め、焔家の敷地を見回せばたくさんの建物があるのに、明かりがついているのは少し先に見える母屋だけだ。手入れされた庭や汚れのない壁は美しいが、活気はない。寂しいとばかり思っていた後宮暮らしだって、耳を澄ませば誰かの息遣いを感じることができた。だが、ここには体温がないのがよくわかる。

「蓮さまは、前の当主さまや杏里が死んで変わってしまったの。焔家はもう絶えるべきだって」

「……どうして、そんなことを」

「それは……」

震えていた小鈴が動きを止め、口をつぐんだのがわかった。おそらく話せないか、話してはならないと思ったのだろう。雪花もまた、小鈴から聞くべきではないような気がして、それ以上は追及しなかった。

母屋に入り、雪花は無言のまま台所に向かう。そこには朝のように食事だけが並んでいると思ったから。

だが見慣れた背中が椅子に座っているのが見えて、雪花は思わず足を止めた。

「蓮さま」

「……！」

雪花の呼びかけに、蓮が弾かれたように立ち上がりながら振り返った。その勢いのせいで椅子が倒れ、大きな音が響く。驚いた雪花が身をすくめると、その拍子に肩に乗っていた小鈴がコロコロと音を立てた。

「雪花さま、と、それは小鈴？　なぜ元の姿に……」

蓮は雪花の肩にあった鈴が小鈴だと気がついたようで、目を丸くしている。

いつも穏やかな表情の蓮が動揺している姿が新鮮で、雪花は気まずさも忘れてその顔を見つめた。

昨日、最後に顔を合わせたときよりも疲れが滲んでいる気がする。表情にも精彩がなく、雪花を見つめる瞳にはなぜかつらそうな色が混じっているように見えた。

もしかしたら雪花同様に、昨晩のことを気に病んでいるのかもしれない。

「おかえりなさい、蓮さま」

だがなによりも先にかけるべき言葉は出迎えの言葉だと、雪花は精一杯の笑顔を蓮に向けた。緩く腰を折り、蓮が無事に帰ってきてくれたことに感謝をこめて。

「っ……」

蓮の表情がますます驚きに染まる。見開かれた目は雪花を見つめ、唇がなにかを言おうとするかのごとく震えていた。

だが、言葉が見つからなかったのか、なにかを思案するように視線を床に落とすと、無言で倒れた椅子を元に戻す。

「驚かせてしまってすみません」

「いいえ……蓮さまこそ大丈夫ですか?」

「ええ。椅子も問題ないようです」

「よかった」

一瞬、その椅子にも精霊が宿っているのかと視線を向けたが、特にそんなことはなさそうで、雪花は安心したような落胆したような、不思議な気分になる。

椅子を直して腰を下ろした蓮に続き、雪花もいつもの席に座った。懐から手巾を取り出して机の上に畳んで置くと、その上に小鈴をそっと降ろしてやる。

「雪花、ありがとう」

「どういたしまして」

どこを見ればいいかわからなかったが、小鈴がこちらを見て笑っている気がしたので、雪花も鈴に笑いかける。

そんなようすを蓮が呆然と見つめてくるものだから、雪花は少し恥ずかしくなって頬を染めた。

「あの、蓮さま？」

「あ、ああすまない。ええと……それと話しているということは、小鈴の正体を？」

「はい。ちょっとした事故があって、小鈴が私の目の前で鈴に戻ってしまって」

「そうでしたか」

「琥珀にも話を聞きました。物に魂が宿った精霊なのですね、彼らは」

「琥珀まで⁉」

蓮は何度も瞬きながら小鈴と雪花を交互に見つめ、はあ、と大きなため息をついて頭を抱えてしまった。

気を悪くしたのかと思い、雪花は慌てて口を開く。

「二人を怒らないでください。本当に偶然知ってしまったのです。小鈴も琥珀も、とても優しくしてくれて……」

「……あなたは、彼らが怖くないのですか？」

「まさか。こんなに可愛らしく優しい小鈴たちが怖いなんてありえません」

今度こそ、本当に瞳が零れ落ちてしまうのではないかと思うほどに蓮は目を見開く。

大人びて落ち着いた彼のそんな表情に、雪花はつい小さく笑ってしまった。

「私が怖がると思って、秘密にしてくださったのですね」

「……普通の人は喋る道具など気味悪がるでしょう。特に女人は」

「驚きはしましたが、気味が悪いなんて思いませんでしたよ。それに琥珀はとてもいい先生でした。今日だけで新しい曲を二つも覚えたんです」

だから安心してくださいという想いをこめて明るい声で語りかけると、蓮はゆるゆると顔を上げる。雪花を見つめる蓮の表情は、これまで見てきたどれとも違い、なぜか泣きそうな少年のように見えた。

「お疲れでしょう？　せっかく用意してくださった食事が冷めてしまいます」

「そうですね」

雪花の言葉に、蓮はようやくいつもの表情に戻り、箸を手に取った。雪花もまたコロコロと揺れながら音を鳴らす小鈴に促され、匙を手に取ったのだった。

食事を終え、いつものように蓮が立ち上がり、お茶を煎れようとするのを雪花はそっと押しとどめる。

「今日は、私にお茶を煎れさせてください」

他人に茶を振る舞う経験は乏しかったが、明心が熱心に教えてくれたことを思い出しながら雪花は蓮のために茶を煎れる。

蓮はその光景をただ黙って見てくれていた。

「ありがとうございます」

「いいえ」

向かい合い、温かなお茶を飲めば、まるで昨日のことなどなかったようにお互いの顔を見ることができた。

お茶を口に含み、蓮がほうと感心したような声を零したことに雪花に安堵する。どうやら失敗はしなかったようだ。

「あなたは……雪花さまは不思議な女人ですね」

「そう、でしょうか。世間知らずなだけです、きっと」

「いいえ。まさか精霊たちの存在を知って、恐れるどころか可愛いという人が現れるなど、俺は夢にも思っていませんでしたよ」

その瞳はどこか諦めの色を滲ませていた。

もしかしたら蓮には、彼らの存在を理由に誰かから恐れられた過去があるのだろうか。

「彼らの存在を黙っていたこと、まずはお詫びします。決して騙すつもりではなかったのです」

「わかっています。小鈴や琥珀からも、私のために正体を隠すよう言われていたと聞きました。蓮さまが私を気遣ってくれていたこと、本当に嬉しく思っています」

「雪花さま……」

「それだけではありません。私を焔家に招いてくれただけでなく、自由と、学ぶ機会を与えてくださったことを、私は心から感謝しているのです。蓮さまは、私にとっての恩人です」

「そんな。俺はただ、皇帝陛下の命で……」

「だとしてもです。蓮さま、私は焔家にいられることがなにより幸せなのです。どうか、どうか叶うならば、ずっとお傍にいさせてくれませんか」

「……」

その言葉は、雪花にとって一世一代の告白だった。

蓮への感情にはまだ名前をつけることができていない。だが、蓮への感謝や尊敬、そして焔家そのものを大切だと思う気持ちに偽りはない。

だが、まっすぐに雪花を見つめる蓮の表情は、どこか冷たい空気を孕んでいた。

「あなたがここがいいと思うのは、ここ以外を知らないからにすぎません。知見を広め、世界を知れば、きっと外に出たくなるはずだ」

「いいえ。きっと私はこの焔家を出たら後悔します」

「なぜ、そう言い切れるのですか」

「だって、外には蓮さまがいません」

「っ……！」

蓮の顔があからさまにこわばった。

なにかに怯えたように視線を泳がせたのち、恐ろしいほどの鋭さをもって雪花を見つめた。黒曜石の瞳が冷たく光っている。

「あなたは、俺のなにを知っていますか？」

「っ……！」

まるで恐ろしい獣と相対したような威圧感に、雪花の身体がすくむ。

その怯えを感じ取ったのだろう。蓮の顔が自嘲気味に歪んだ。

「俺を善良な人間と勘違いしているのではありませんか？」

蓮の手が、机に置かれていた雪花の手を掴んだ。華奢で真っ白な雪花の手首などすっぽりと掴んでしまうほどに大きな蓮の手は、焼けるように熱かった。

「蓮さまっ！」

「どうです、俺が怖いでしょう？　龍の血を引き、喋る道具と暮らす男が怖くないはずがない。悪いことは言わない、一刻も早く学ぶべきことを学んで、ここから出ていきなさい。あなたが望む身分と財産は用意しますから」

一方的に早口でまくしたてると、蓮はすぐに雪花の手を離した。

離れる瞬間、蓮の手が震えていることに雪花は気がついた。

手を伸ばし、蓮の手を留めたかったが、間にあわずに雪花の指先は空をかく。

蓮は雪花の顔を見ないように顔を伏せたままゆっくりと立ち上がると、背中を向けてなにも言わず、その場から離れていく。

雪花は掴まれた手をそっと抱きしめながら、去っていく蓮をじっと見つめていた。

その場に取り残された雪花を必死に慰めたのは、小鈴をはじめとする道具に宿った精霊たちだった。

気にする必要はない、蓮も疲れていたのだと口々に語り、雪花に優しくしてくれた。

台所の精霊では、包丁と水瓶に宿った二人が最も古く、琥珀より以前から焔家に仕えているらしい。

琥珀同様に人の形を取れる彼らが食事を作ってくれていたのだと知り、雪花はお礼を告げた。優しそうな老人の姿になった包丁と水瓶は、雪花の言葉に頬を緩め、目尻を下げて喜ぶ。

「いいんだいいんだ。蓮のやつは食事を作っても礼のひとつも言わないが、お嬢さんは本当においしそうに食べてくれるから、作り甲斐があったよ」

「そうだよそうだよ。お嬢さんが幸せそうに食べてくれるだけで、俺たちは本当に嬉しい」

優しい言葉をかけられ、雪花は涙を零してしまった。それに慌てた小鈴と包丁と水瓶が必死で慰めるものだから、雪花はその光景の温かさに泣きながら笑った。

彼ら以外にも、人にはなれぬがいろいろな精霊が母屋にいるそうで、小鈴に案内され、雪花はあちこちに挨拶して回った。

みんなずっと雪花と喋りたかったのだと言ってくれて、くすぐったいような落ち着かない気分になる。

精霊たちは雪花とのおしゃべりの最後に必ず同じ言葉を口にした。

「あなたが来て蓮が笑うようになったのが嬉しい。どうかこれからもここにいてほしい」

言葉は異なれど、皆が望んでいるのは同じ内容で。

雪花は蓮が彼らに大切に思われているのだということを、痛いほど感じたのだった。

四章　孤独な道士

蓮から拒絶された翌朝。

いつものように母屋に向かった雪花は、無人の食堂に胸を痛めた。

台所の精霊に聞けば、蓮は朝から部屋に籠もっており、出てきてすらいないという。

（嫌われてしまったのかもしれない）

その事実に雪花はずんと心を重くした。

ここで過ごす日々があまりに心地よすぎて、蓮に甘えてしまった自覚はある。そして、きっと踏み込んではいけない場所に勝手に足を踏みいれた。その身勝手な行いが蓮を傷つけたのだとしたら。

本当に自分は無力だと、雪花は打ちのめされていた。

（せめて謝りたい。でも、どんな顔をして謝ればいいの？）

ただでさえ迷惑をかけている身だ。これ以上許しもなく近づけば、もっと嫌われてしまうかも。

恐怖でどこにも行けなくなるような気持ちになって立ちすくんでいた雪花の耳に、

軽やかな鈴の音が届いた。

「雪花、大丈夫？」

「小鈴」

人の姿になった小鈴が、いつのまにか足元に寄り添っていた。心配そうな表情に息が詰まる。

「蓮さま、呼んでくる？　それとも会いに行く？」

「いいえ。今は、会わないほうがいいと思うから」

本当は、今すぐにでも昨夜のことを謝り、二度と余計なことは口にしないからここに置いてほしいと頭を下げるべきなのかもしれないと考えている。

でも、それをしてはいけないことも、おぼろげながら理解していた。

「一緒に琥珀に会いに行きましょう。月琴を弾けば、少し元気になるかも」

「……うん」

納得しかねたようすながらも小鈴は静かに頷き、雪花の手を取ってくれた。

揃って龍厘堂に向かうと、扉の前にはむっすりとした顔で腕を組む琥珀の姿があった。その表情に、昨夜の騒動をすべて知られているのだと気がつき、苦笑いが零れる。

「まったく、あの若造め」

怒りを隠さぬ琥珀を雪花は必死に宥める。

「いいのです。私がわがままを言ったから……蓮さまのお怒りはもっともなんです」

「雪花。どうしてそう卑屈になる。水瓶から昨晩のやりとりを聞いたが、あれは間違いなく蓮が悪い。自分の苛立ちをぶつけただけだ」

「そんな……」

「そんなことはある！　だが、あやつの気持ちもわからんでもないんだ」

がりがりと頭をかく琥珀の表情は複雑そうなものだった。

「あやつは……蓮は優秀すぎた故に孤独なんだよ、雪花」

「孤独？」

「前の当主である蓮の父親は、道士としては二流だった。焔家を継がねばならなくなったときはずいぶん苦労していたよ」

かつて蓮が語ったように、蓮の父と伯父にあたる四兄弟が焔家を治めていたころ、焔家の名声は今よりずっと高かったそうだ。

表舞台に立つことはなかったが、兄弟それぞれが皇帝や名家に仕え、道士として占術や祈祷を行っていた。

そんな折、蛮族との大きな戦が起こった。その際出兵した焔家の男たちのほとんどが死んでしまい、兄弟のうち一番若い蓮の父親だけが生き残った。そのため、彼に当主の座が回ってきたのだ。その上、慣れぬ仕事に追われているうちに、最愛の妻まで子を産んで儚くなってしまったのだという。

「そんな……」

「自分の才能のなさに苦しむ中で妻まで失い、ずいぶんと気落ちしていた。そのうちに使用人たちまで離れていき、今ではこのありさまだ」

琥珀が見つめるのは静かな焔家の姿だ。長くこの場所で生きてきた琥珀は、ここが人で溢れていたころを知っているのだろう。

「蓮はそんな父のために必死に道術を学んだ。皮肉にも、あやつは先祖返りだった。歴代当主の中でも随一の才能を持っていた」

驚きつつも雪花はなんとなく納得した。蓮を包む空気は常人とはどこか違う。

「俺たちは人の姿をしているが、しょせんは物だ。人の心の機微などはわからぬ。知っているのは、蓮が術を使えるようになってから、父子があまり会話をしなくなったことぐらいだ。それこそ、今際の際までな」

小さく息を呑んだ雪花は琥珀を見つめ、それから小鈴に視線を向けた。

「そうだね……蓮さまはずっと寂しそうだったよ」

当時を思い出したのか、小鈴も目を伏せ、切なげな表情を浮かべる。雪花の知らぬ悲しい記憶が、二人には刻まれているのだろう。

蓮がこの家門を終わらせていいと思えるほどのなにかが、あったのかもしれない。

触れてほしくない場所に土足で踏み込んでしまったという後悔が押し寄せる。

「でもね、利普が遊びに来るようになってから、蓮さまはずいぶん変わったんだよ！　笑うようになったし、優しくなった」

「お兄さまが？」

「そうだな。お前の兄、利普はほとんど表に出てこぬ焔家のことが知りたいと変装までして訪ねてきたのだ」

「まあ」

あの優しく穏やかな兄からは想像できない行動力に雪花が目を丸くすると、琥珀はそのときのことを思い出したのか、楽しそうに笑い声を上げた。

「最初は警戒していた蓮だったが、利普の勢いに押されて友と呼べる仲になってな。酒を酌み交わし、交流を深めていた。利普に誘われ、外に出かけることもあったのだぞ」

「そんなに仲がよかったのですね」

「利普によって蓮も救われたのだろう。やつが即位してからはあまり会えなくなったようだが、それでもときおり顔を合わせていたようだ。城にも何度か足を運んでいた」

「蓮さまが？」

呪いを解いてもらったときも、呼ばれて登城したと言っていた。雪花の知らぬところで、蓮と利普は交流をずっと深めていたのだろう。苦労の多い兄に気心の知れた友人がいたと知れたことは嬉しかったし、なによりその相手が蓮であったことがなお嬉しい。

「ああ。そして雪花、お前が来た」

「私、は……蓮さまに迷惑をかけているだけです」

「雪花。どうしてそう卑屈になる。お前のなにが迷惑だというのだ。少なくとも、ここにいる精霊たちは皆お前を慕っている。お前はここに来てから一度も誰かを責めたり恨んだりを口にしなかった。それがどれほど尊いことか。胸を張れ」

しゃらん、と龍厘堂からさまざまな楽器の音が響いた。まるで早く奏でてほしいと願うような優しい音色に、胸が苦しくなる。

「あやつは怖がっているだけなんだ。一度だけ、お前から歩み寄ってやることはできぬか？」

「……許されるのでしょうか」

「人の時間は有限だ。思うときに動いておかねば、きっと後悔するぞ」

そんな琥珀の言葉に、雪花は静かに頷いたのだった。

＊＊＊

その夜も蓮は食堂に現れなかった。

精霊たちに気遣われながら食事を済ませた雪花は、提灯を手に母屋の廊下を歩いていた。

向かう先は蓮の部屋だ。

場所は知っていたが、ここに来てから一度も訪ねたことはない。

「雪花、明日でもいいんじゃない？」

「いいえ。そうしたらまた昨日と一緒になってしまう。私、これまで蓮さまに甘えてばかりで彼のことを知ろうとしなかったの。ちゃんと話しておくべきだわ」

途中まで送ってくれた小鈴に、もう一人で行けるからと言って静かに廊下を歩く。

以前の雪花なら、蓮に拒絶されたことに悲しみ、部屋に閉じこもっていただろう。

だがほんの短い間ではあるが、焔家で学び過ごした時間で、雪花の心は少しだけ強くなっていた。

小鈴や琥珀たちと話ができたことも大きかった。

自分の存在を認め、優しく接してくれる人がいる。それは雪花にとってなによりも心強い支えとなっていた。

たった一人だったら、蓮の態度に勝手に傷つき、彼に言われるがまま焔家を出るという選択をしていたかもしれない。

母屋の最奥にある大きな扉が蓮の部屋だった。中には確かに明かりが灯っているが、人の息遣いは感じない。

気持ちを落ち着かせるために、肩に乗せた小鈴を優しく撫でてから、雪花はそっと扉を叩いた。

「蓮さま」

ガタン、と部屋の中から大きな物音が聞こえる。

間違いなくそこに蓮がいるとわかり、雪花はほっと息を吐いた。もし不在だったら、探しようがなかった。霊廟にでも籠もられてしまったら、話しかけることもできなかっただろう。

「お返事はいいので、聞いてください」

扉に手のひらを押しつけるようにして、雪花は小さく深呼吸をする。

自分の気持ちを他人に伝えることはなによりも苦手だった。想いを言葉にしようとしては失敗し、嘲られ、睨まれるのがただ怖かった。無知で力のない自分を、すべての人が憎んでいると思っていたから。

「私はなにも知りませんでした。知ろうとしなかったというのが正しいのかもしれません」

焔家で穏やかな日々を過ごし、学ぶことで、雪花は自分が置かれていた後宮がいかに危ういバランスで保たれていたのかをようやく知った。

それを知ったのは偶然だった。今なって思えば、龍厘堂にいた本の精霊が意図的に雪花に読ませたのかもしれないが、王の血筋にまつわる書物を雪花は読んだのだ。

利普が皇帝になる前に、先帝がどれだけ圧政を強いていたか。その先帝が残した血統を巡り、たくさんの争いが起きたことだけではない。雪花が知らなかっただけで、すでに何人もの公主や皇子が命を落としていたのだ。夭折した者の数は、途中で数えるのが恐ろしくなるほどだった。

麗貴妃と瑠親王の後ろ盾である伶家は、宗国と長く争っている蛮族とも縁が深く、もし瑠親王が皇帝になっていたら宗国は彼らに蹂躙されていたかもしれないなど、誰も教えてくれなかった。

その本を書いた者が誰かはわからなかったが、宗国の行く末を案じる内容に、雪花は身体を震わせた。

利普がいまだに自らの後宮を持たないのは、寵姫を作り、伶家に弱みを握らせないためなのだろう。

そして雪花を逃がしたのも。

「お兄さまは私を本当に守ってくださったのですね。そして、蓮さまも」

あのまま後宮に残っていれば、雪花は間違いなく利普の弱みになっていたに違いない。皇帝が唯一心を砕く、後ろ盾のない公主。

蛮族との交渉が難航しているのは後宮にいた雪花さえ知っていたが、本当の状況はもっと酷いものだったのだろう。

「お兄さまや蓮さまが私を外に逃がそうとしてくださっているのは、ここにも追っ手が伸びる可能性を案じてのことでしょう？　私を死んだことにして、自由にしようとしてくださっている」

その優しさにようやく気がついた。

蓮が外に行けと口にしたとき、彼のほうが苦しそうだったから。

あのとき感じたのは、まぎれもなく雪花に対する蓮の優しさだった。

「でも蓮さま。私はここが好きです。蓮さまと過ごしたのは確かに短い日々ですが、私の人生で最も楽しくて、幸せなものでした……きっとここを出たとしても、私はいつもここを想います。蓮さまの優しさを思い出してしまうでしょう」

言葉にしながら、雪花は涙を滲ませていた。

口にしたことで気がついてしまったのだ。自分がどれほど蓮に心を傾けてしまっているのかを。

「蓮さまの邪魔にならないと約束します。今すぐ死んだことにしてくださってもかまわない。本当に必要ならばここを出ていきます。だから、もう少しだけお傍にいさせてください」

焔家を絶やしたいという蓮の望みを邪魔するつもりはない。それが蓮の望むことなら、なにも聞かず、口にせず、そのとおりにしようと思う。

だが今の雪花は、許されるならば、蓮の傍で息絶えたいと思うほどに彼を求めてしまっていた。

「嫌いに……ならないで」

なんて身勝手な言葉だろうと思いながらも、雪花は伝えずにはいられなかった。

涙で震える声はか細く、蓮の耳には届かなかったかもしれない。

自分の勝手な立ち振る舞いや言葉が、蓮の心に踏み込んでしまったのだろう。だから蓮は出ていけと怒った。預かりものの身でありながら、ずいぶんと傲慢なことをしてしまったと恥ずかしかった。

「……それだけお伝えしたかったのです」

裾で涙を拭いながら、雪花はそっと扉から手を離す。蓮の返事がないことが答えなのかと絶望しながら、ゆっくりと扉に背を向け、その場から立ち去ろうとした。

だが。

「待ってください！」

勢いよく開いた扉から大きな手が伸び、雪花の腕を掴んだ。

髪を乱した蓮が、必死の形相で雪花の腕を捕らえていた。細い手首に蓮の指が絡まったが、その力は不安になるほど弱いものだった。

「すまない……ああ、やはり泣いていた」

「っ……！」

痛ましげに寄せられる眉に、雪花は慌てて目元を隠す。すでに涙は拭っていたが、赤くなった目元を見られてしまった。

「申し訳ありません……私」

「どうして謝るのですか。いや、俺のせいですね」

緩く掴まれていた手が解放される。不安になって蓮を見ると、その目元がほんのりと赤くなっているのがわかった。

「雪花さま。俺は決してあなたが嫌いだからここを出ていけと言っているのではないのです。あなたが言うように、陛下や俺はあなたを守りたくて行動しています。あなたを自由にしてさしあげることが一番いい方法なのです」

「蓮さま」

「それに昨日も話しましたが、俺は焔家を閉じてしまいたいと考えている。だから嫁も必要ないと。だから、あなたの降嫁話は俺にとっても都合のいい話でした。公主を娶りながら、逃げられるなり死なせるなりした男に娘を差し出したいと思う者はいなくなるでしょうから」

「そこまで、考えていらっしゃるのですね」

蓮が秘めている想いを、身勝手な欲求で暴いてはいけない。

なぜかと知りたくてたまらなかったが、その気持ちを必死に抑え込む。

誰だって、口にできない記憶を持っているのだから。

「俺の言葉が足らずに雪花さまを傷つけたのならば謝ります。これは俺の勝手な決意であって、あなたにはなんの非もない……だから」

必死に言葉を紡ぐ蓮の手に雪花は自分の手をそっと重ねた。

蓮の大きな手が、まるで幼子のようにびくりと震える。

身長差のせいで、傍にいると首が折れそうになるほどに見上げなければ顔が見えないことがもどかしいと思いながら、雪花は蓮に一歩近づいた。

「わかっています。蓮さまは優しい人です。きっと、私を守ろうとしてくださっているのでしょう？」

「……雪花さま」

「どうか雪花と呼んでください。私は公主としてではなく、ただの雪花として蓮さまのお傍にいたいのです」

「雪花」

蓮のかすれた声に胸が痛くなるほど締めつけられる。

ただ名前を呼ばれただけなのに泣きたいほどに嬉しくて、苦しい。

「蓮さまのお考えを否定したりなどしません。どうぞ私の立場を利用なさってください。望むなら、雪花としての生を今すぐ捨てても構いません。でも、どうかここにいさせてください。私は、ここで蓮さまや小鈴たちと生きていたい」

「雪花」

蓮の手が雪花の手をまるで壊れ物でも扱うように優しく包み込んでくる。

大きな手は冷え切っており、細かく震えていた。

自分よりもずっと大人だとばかり思っていた蓮もまた、なにかに怯えているのだということが伝わってくる。

雪花は己の心臓が痛いほど高鳴ったのを感じた。

心の中でずっとくすぶっていたものが形作られていくのがわかる。

じわりと高まった熱を移すように、雪花は蓮の手をそっと握り返した。

（私、蓮さまのことを）

己を殺し、生きていくことだけに必死だった。誰かに想いを寄せる日が来るなんて想像もしていなかった。

きっと最初に後宮で命を救われたときから、惹かれていたのだろう。

そして、ここで過ごした日々でさらに想いが募った。

だからこそ、蓮に拒まれたことが悲しくてつらくて。

傍にいたいと願ってしまうのも、蓮への恋情が生んだ欲求だったことに、雪花はようやく気がついてしまった。

「蓮さま、私……」

「少し、外を歩きませんか」

語りかけようとした言葉を遮るように、蓮が声をかけてきた。

その表情にはなにか決意が滲んでいるようで、雪花は小さく息を呑む。

もしかしてこのまま決別を告げられるのではないかという恐怖に身がすくんだ。

「あなたに、話しておきたいことがあるのです」

宥めるような静かな声音で語りかけてくる蓮を見上げながら、雪花は瞳を揺らした。

庭に出てみると、明るい月の光が足元を照らしている。

昼間の暑さが嘘のように冷えた空気が肌を撫でる。その感覚が心地よく、雪花は月と星に彩られた夜空を見上げた。

そっと横目で見つめた蓮もまた空を見ているのがわかった。

その横顔は、見惚れてしまうほどに美しい。

「……綺麗、ですね」

なにが、とは言わず雪花がそう呟くと、蓮が口元を緩めて微笑む。

以前と変わらない優しい笑顔に安心すると同時に、封じ込めようとしている恋心が疼くのを感じ、雪花は蓮に気取られぬように袖（そで）に隠した手を握りしめる。

「彼らがあんなにあなたを好むとは思いませんでした」

蓮が言う彼らというのが、精霊たちであることはすぐにわかった。

「私も驚いています、こんなにたやすく受け入れてもらえるなんて」

「それは彼らも同じでしょう。人は、人ならざるものを恐れます。だが、あなたは違った」

「……変、でしょうか」

「いいえ。むしろ羨ましいくらいです。俺は精霊たちを受け入れるのに、ずいぶん時間がかかりましたから」

「蓮さまが？」

驚きに足を止めると、蓮もまた歩みを止めて雪花を振り返った。

黒曜石の瞳が月光に照らされ、美しく煌（きら）めいている。

「俺の父……前の当主は道士としての力が弱く、精霊や道具を使役することが不得手でした。波長が合わなかったのでしょうね。古くから焔家に仕えている精霊以外とは、心を通わせることができない人だった」

琥珀が語っていた内容と重なる話に、雪花は静かに耳を傾ける。

「しかし俺は違った。幼いころから精霊と人の区別がつかず、ほとんど精霊に育てられたと言っても過言ではない状態でした。だから精霊たちの言葉をすべて素直に受け止め、周りの人々を深く傷つけたのです」

眉間に深い皺を寄せる蓮の表情に滲むのは、深い後悔だ。雪花の手を持つ蓮の手に、わずかに力がこもる。

「精霊たちは嘘が吐けませんし、人の心がわからないものも少なくありません。焔家に仕えてくれていた使用人たちや弟子たちは、精霊を恐れてはいませんでしたが侮っている者も多かった。言葉を発せないだけで、精霊が自分たちの会話を聞いて覚えているなど夢にも思わなかったのでしょう」

「蓮さまは、喋れぬ道具とも会話を？」

「ええ。すべてではありませんが、それらが伝えてくる内容を感じ取れたのです。だから俺は、彼らの言葉を父に伝えられることが誇らしかった」

幼い蓮は、意志を持ったばかりの精霊が伝える内容をそのまま父に伝えた。

それは焔家の当主でありながら力が弱く、頼りない蓮の父を嘲る弟子たちの言葉や、焔家の財産をくすねようとする使用人たちの言動……今の蓮ならば絶対に伝えぬものばかりだった。

「そんな……」

「父は、俺の語る言葉を聞くたびに疑心暗鬼になっていきました。そして決定的なことが起きてしまった」

そのころを思い出したのか、蓮の表情が険しくなる。

「俺は当主という立場に苦しむ父を助けたい一心で、道術を学びはじめました。精霊たちの手助けもあり、俺はすぐに父を追い越した。父を楽にしたくて、その仕事を一手にこなしたのです」

きっと幼い蓮も必死だったのだろう。母はすでに亡く、父は忙しい日々。なんとかして支えたかったに違いない。

「だが父はそれが許せなかったのでしょう。俺をばけものと、龍の子だと遠ざけた」

胸の奥が苦しいほどに締めつけられる。

蓮は、その言葉をどんな思いで受け止めたのだろうか。

「俺はずっと一人でした。病で父が命を落としたときも、悲しみより安堵が勝った。もう二度とあんな憎しみのこもった目で見つめられることはないのだと、喜んでしまったのです」

「蓮さま」

蓮の手を両手でそっと包み込みながら、雪花は距離を詰めた。

どうして、もっと早く出会わなかったのだろう。

なぜ、この人が悲しんでいるときに傍にいられなかったのだろう。

叶うのならば、幼い日の蓮をこの腕にしっかり抱きしめてあげたい。そんな切ない気持ちが雪花の胸を満たす。

「父が亡くなってから、何度か使用人を雇ったことがあります。しかし彼らは俺のいないところでは俺を不気味がり、道具が喋ることに恐れをなして逃げていきました」

その手は震えながらも、雪花の手を振り払おうとはしなかった。

月を見上げたままの蓮は、雪花を見ようとはせず、言葉を紡ぎ続ける。

「だから俺はこの家門を閉じることを決めました。焔家の力は、人を孤独にさせます」

そこまで口にすると蓮は口を引き結んだ。その先の言葉を口にすることを怖がっているように見えた。

「私は、それでもあなたの傍にいたいです」

月光に照らされた蓮の美しい顔が、苦しそうに歪む。

己の胸を押さえる手が服を強く握りしめていた。

「雪花。あなたはどうしてそんなに優しいのですか。後宮でもずっと一人で虐げられ……俺のような男のもとに追いやられてもなお、あなたは清廉なままだ」

絞り出すような声は震えていた。今にも泣き出しそうな子どものように歪んだ顔に、雪花は息を呑む。

愛おしい、と雪花はこみ上げる想いをこらえきれなくなった。

生まれ持った宿命故に抱えた孤独。誰も信じることができず、大切な人を傷つけた苦しみを抱え生きてきた蓮の心が、雪花には痛いほどわかった。

「……私は決して清廉ではありません」

蓮の優しさにすがり、甘えて、ここに居座っている自分が清廉といえるだろうか。

兄の加護のもと、なにもせずに息をひそめて生きてきた卑怯者。

なんの覚悟も信念もない矮小な自分が情けなくて、歯がゆくて。

「精霊たちはあなたが恨みごとすら口にせず、なんの不満を抱かぬことをずっと不思議がっていました。あなたは本当に人なのかと問うてきたものさえいる」

「それは……ちがうのです……」

胸のうちに抱える黒いものを口にしなくなったのは、いつからだろうか。

誰が聞いているともわからぬ後宮で誰かを名指して恨めば、それは倍になって返ってくる。たとえ誰のことだと言わずとも、ほんのわずかなひとことが、誰かの悪意であっというまに捻じ曲げられて広がってしまう。

だから胸のうちを口にしない。ただそれだけだ。蓮が語るような清廉な娘などでは、決してない。

「私は臆病なだけです。卑怯にも蓮さまの優しさにつけ込んで、ここに居座っている」

「……卑怯な人間なら、精霊たちはあなたを好いたりはしません。彼らは人の心やその者が持つ気を読める。そんな彼らがあなたを褒めるのです。逃がしてはならないと、俺にしつこいほど説いてくる」

必死に握っていた手を逆に優しく掴まれ、雪花は身体を震わせた。

大きな手は先ほどとは違い、血が通ったように温かい。

「雪花。俺はあなたが思っているほど強くもないし、立派な人間でもない。それでも、ここにいたいと言うのですか」

見つめてくる瞳は恐ろしいほどにまっすぐで、目を逸らすこともできない。

「私は蓮さまが出ていけと口にされないかぎりここにいます。ここにいたいんです」

「……あなたは、どうしてそんなことを言うんですか……俺が一生出ていけと言わなかったら、どうするんですか……」

「嬉しい、と言ったら怒りますか」

蓮の顔がなにかをこらえるように歪み、雪花の手を握る手に力がこもる。

眩しいほどの月の光と夜の風だけが二人を包んでいた。

五章　溢れる恋情

庭の木々が秋色へ彩りを変えるようになった。

並べられた菊の鉢植えは今が盛りで、雪花はその傍を通るたびに華やかな気持ちになる。

雪花が焔家にやってきて、早いもので半年が過ぎた。

精霊たちの存在が明らかになってから、雪花の周りは以前の静けさが嘘のような賑(にぎ)やかさだった。世話を焼かせてくれない蓮とは違い、素直で可愛らしい雪花に精霊たちは夢中で、なにかと構いたがる。

「雪花の一番は小鈴なのに！」

そのことが気にくわないのは小鈴だ。

雪花の傍仕えを自負しているらしい小鈴は、他の精霊が雪花に構うと頬を膨らませて怒る。そのようすが可愛くて、雪花はつい小鈴を優先して構ってしまうのだが、琥珀にはよく甘やかしすぎだと怒られていたりする。

精霊の中にはまだ言葉を話せないほど力の弱いものから、会話はできても人には化けられないもの、小鈴のように蓮に手助けをされれば転じられるものと、いくつかの位があるのだと教えてもらった。

　琥珀や包丁たちのように本体と魂を切り離して実体化できるのは、ほんの一部だそうだ。

「彼らは基本無害ですが、決して油断してはいけませんよ。なんといっても人ではないのですから」

　故に注意するように、と蓮は何度も雪花に言い聞かせた。

　自我の持ち方はそれぞれで、どうしても人の理に疎い精霊も多いのだとか。

「でも、小鈴や琥珀はとっても優しいですし、包丁や水瓶は親切です」

「あれらは人と接するうちに自我を得た連中ですからね。だが、そうでない道具もいます。道士という仕事柄、ややこしい道具もここにはいますから、決して龍厘堂の上階には行ってはいけませんよ」

「わかりました」

　階段を見つけて以来、本当は龍厘堂の上階に興味があったが、雪花は素直に頷いた。ここにいると決めた以上、蓮が禁じたことは絶対にしないと誓っている。

　蓮に過去を告白されてからも二人の関係性が変わることはなかったが、その距離はずっと近くなっていた。

書を学びたいと言う雪花に応え、蓮が文字の師となったのだ。

「雪花の字はとても素直だ。可愛らしく、読みやすい」

褒められるたびに、雪花は身体が浮き上がるほど嬉しくなる。

蓮に教えてもらうすべてが雪花にとっては輝かしく、かけがえのないものになっていった。

今日は練習がてら、蓮を通じてある燭台の言葉を聞き取り、紙にしたためている。

蓮の仕事の手伝いということもあり、雪花はいつも以上に気を引き締めて筆を握っていた。

その燭台は、さる豪商が西国から献上品として持ち込んだそうだが、あるときから蝋燭を置いても揺れて落とすようになったことから、悪霊がとりついていると騒ぎになり、焔家に持ち込まれた品だ。

話を聞いてみれば、燭台が蝋燭を嫌がるのは祟りでもなんでもなく、宗国で使われている蝋燭が西国のものよりも重くて嫌だっただけだという。

普段使う蝋燭よりも小さいものにすれば問題なく使えると注意書きをつけて城に返すと聞かされ、雪花は目を丸くした。

「後宮に献上された品だったのですね」

「焔家は表だって宗国の道士として活動しないかわりに、意志の宿った道具たちを管理する役目を負っているのです。口をきかぬはずの道具が勝手に喋り出せば、人はそれを恐れ、壊そうとするでしょう。ですが魂を持つ道具には価値ある物も多い。ですから、こうやって彼らの言い分を聞き、正しい使い方を図っているのです」

なるほどと思いながら雪花は燭台を優しく撫で、汚れを落としてやった。心なしか燭台が嬉しそうに輝いた気がして、笑みが零れる。

「……どんな道具も魂を持つのでしょうか」

「通常は、めったにないことです。ですが職人が己の魂を分けて作った道具や人の手が触れるものには、生まれやすい。また強い力を持つものに惹かれて意志を宿すことも少なくありません。焔家には龍の加護があるため、ここにいる道具たちは他の場所で使われている道具よりも魂を宿しやすい。そして城や後宮も、そういう場所です」

知らぬことばかりだと、雪花は黙って蓮の話に耳を傾けていた。

通常の道士であれば、ただ道具を封じてことを片づけるが、品物によっては封じることで不都合が起こることも少なくない。たとえば皇族の宝物や祭事道具だ。それらに人との関わり方を教え、必要なとき以外は保管しておくのが焔家の役目。それ以外にも、人の手に負えなくなった道具がたくさんあるのだと蓮は語った。

「龍厘堂の上階には人と交わってはいけない道具を封じているのです。ですから決して近づいてはいけませんよ」

「人と交わってはいけない道具などあるのですか？」

「……大切にされて意志が宿ったものは基本的には人間に好意的です。ですが、粗末に扱われて宿った魂は人間を憎んでいます。彼らは特性上、嘘を吐くことはできませんが、語る言葉を選んで人を惑わせます……俺がかつて父に道具の言葉を伝えたように、人と人を争わせて喜ぶ悪辣な道具もあることを忘れないでください。また、それを利用しようとする人間がいることも」

「利用するって……そんなことが？」

「魂を宿すほどの力を持つ道具は、神や怪異にも等しい。扱い方を間違えれば呪いに転じることもある。そうでなくとも、言葉を発する道具を皇帝の寝所に忍び込ませ、秘密を聞き出そうとする連中だっているかもしれない。もしそれが可能となればなにが起こるか、後宮で育ったあなたならわかるでしょう？」

「……！」

想像しただけで血の気が引く話だ。

寝所での話を外部には持ち出してはならない。政治的にも、後宮の序列的にも。決して伝えてはならぬ相手にあらぬ話を聞かせてしまえば、血の雨が降るかもしれない。

「故に焔家の当主は定期的に城や後宮へ出向き、意志を持ちはじめている道具がいないか調べるのです」

「そうだったのですね……」

「そして、呪われた道具の解呪も」

その言葉に、雪花は息を呑む。咄嗟に手首を押さえると、蓮が困ったように眉根を寄せた。

「あなたが身につけていたあの腕輪のように、悪意を持って作られた道具は少なくありません。あの日、呪いが発動する前に見つけられてよかった」

伸びてきた手が、雪花の手首を優しく撫でる。そこになんの痕も残っていないかを確かめるような指使いに思わず身を固くすると、蓮もまた動きを止めて小さく咳払いをして離れていった。

「すみません。勝手に触れて」

「いえ……」

どこか名残惜しさを感じながら蓮を見ると、なぜか顔を逸らされて、その表情をうかがい知ることはできなかった。

しかし、やはり横顔ですら美しい。ずっと傍にいるのに、いまだに慣れることがない。

もし蓮が後宮を歩いていたら、未婚の女官たちは大騒ぎするに違いない。

(だからお顔を隠していらしたのかしら)

最初に会ったあの日、蓮は垂布のついた帽子を被っていた。あれは正体を隠すためだけではなく、いらぬ騒動を起こさないための配慮だったのかもしれないと気がついた。

もしかしたら、すでになにかあったからこそ顔を隠していたのかもと考え至る。

（そうよね。こんなに美しい人なんだから）

そこまで考えて、雪花は慌てて胸を押さえた。

蓮に近づき、その優しさや心根を深く知れば知るほどに、想う気持ちが深くなっていく。だが雪花はそれを必死に表に出さないようにしていた。

打ち明けられて知った蓮の孤独。人との関わりを拒んでいても、蓮はずっと寂しかったのだろう。だから精霊を怖がらず、蓮を厭（いと）わない雪花を傍に置き、妹として可愛がってくれている。その気持ちを裏切りたくなかった。

だから、家族として蓮を想うべきだと雪花は自分に言い聞かせ続けている。

公主という立場がなければ、蓮と自分はまったく釣り合わない。見た目も中身も、その血統も。なにもかも蓮は素晴らしく、惨めな自分と並ぶことは、本来ならばありえないのだから、と。

「どうかしましたか？」

「あ、いいえ。なんでもないんです」

考え込んでいたせいで具合が悪いように見えたらしく、蓮が心配そうに覗きこんでくるものだから雪花は慌てて首を振る。

だが納得していないようすの蓮は、雪花の肩を抱き寄せると、もう片方の手を雪花の額に当て、熱がないかとしきりに心配してくる。

大きな手に触れられ雪花はますます混乱したが、蓮は平気な顔をしている。その表情に、妹にしか思われていないと突きつけられているようで悲しくなりつつも、蓮に触れてもらっている喜びをどうすればいいのかわからず、視線を動かして助けを求めた。

だがすぐ傍にいた小鈴は楽しそうな顔をして二人を見つめるばかりで、なにも言おうとはしない。

「熱はないようですね。もし精霊に関わるのが嫌ならば、これまでどおり龍厘堂で学んでいてくださっていいのですよ」

「だ、大丈夫です。琥珀たちには午後になったら行くと伝えてありますから。月琴で弾ける曲も増えてきたので」

「そうですか」

「もう少しうまくなったら、ぜひ聞いてくださいね」

「楽しみにしていますよ」

なんとか話題を逸らすことには成功したが、蓮の手はまだ雪花の肩を抱いたままで、離れてはくれない。

近すぎる距離に雪花が困り果てて眉を下げ、「あの……蓮さま？」とか細い声を上げてようやく、蓮は自分が雪花を引き寄せていたことを思い出したようで、慌てたように手を離した。

「すみません、つい」

「……いえ」

蓮の顔を見ていられなくなって、雪花は顔を伏せたまま小鈴のほうに駆け寄り、燭台の注意書きを再開する。横に座った小鈴がやけに嬉しそうだったが、雪花は一心に筆を走らせたのだった。

＊＊＊

嫋（たお）やかな月琴の調べが龍厘堂に響き渡る。

小鈴や琥珀だけではなく、今では他の精霊も雪花がやってくると各々姿を現して、雪花の演奏に耳を傾けていた。

覚えたばかりの曲を奏で終えると、小鈴が小さな手を叩いてすごいと歓声を上げる。

琥珀も満足げな顔で何度も頷いている。

月琴の化身である琥珀の指導のおかげで、雪花の演奏は楽器の精霊たちですら満足させるほどの腕前になっていた。

「今日の演奏もよかったぞ。もう俺の教えるべきことはほとんどない」

「そんな。まだたくさん教わりたいのに」

「ならば他の楽器はどうだ。そこにいる連中も、お前に触ってほしがっている」

琥珀が指をさしたのは、壁一面に納まったさまざまな楽器だ。人の姿を取れるものは、期待に満ちた目で雪花を見ている。

「でも、それじゃあ」

琥珀の本体である月琴を抱きしめる雪花に、琥珀が苦笑いを浮かべた。他の楽器に触れていいのかと迷う雪花を見つめる琥珀は見た目こそ少年だが、長く生きているせいもあり、とても大人びた表情をしている。

「俺はずいぶんお前に奏でてもらったからなぁ。このままでは他の連中の嫉妬心に取り殺されそうだ。ぜひ、他の楽器も覚えて音を聞かせてくれ」

「琥珀が、そう言うのなら」

「ではそこの笛などどうだ。まだ若いが、そのぶん素直なやつだ。きっとお前と相性がいい」

言うが早いか、棚から小さな横笛が雪花の膝に飛び込んできた。

「淡鶯（タンオウ）という笛だ。まだ言葉を発することはできぬが、お前にずっと吹かれたがっていたぞ」

「そうなの？」

膝の上で転がる笛を雪花は優しく撫（な）でる。

その指先に応えるように笛が小さく音を鳴らすのが愛おしく、雪花は目を細めた。

「指導は俺がしてやろう。厳しくやるが音を上げるなよ」

「もちろんです」

淡鶯は琥珀の言うとおり、とても素直な音色で雪花に応えてくれた。

最初は音を出すだけで精一杯だったが、数日のうちには音色らしき音も出るようになった。

はじめて一曲吹き終えることができた日の夕餉（ゆうげ）。

雪花は喜びを隠さず、そのことを蓮に報告した。

「淡鶯があなたに応えたのですか。それはすごい」

「蓮さまも、淡鶯を？」

「嗜（たしな）み程度には楽器を学んだことがあります。幼いころは娯楽が少なかったものですからね。淡鶯は俺が幼いころに伯父がどこからかもらってきた笛です。何度か手に取ったのですが、気に入ってもらえなかったんですよ」

「そんなことがあるんですね」

「意志を持つということは、選択する力を得るという意味でもありますからね。俺の手が大きく乱暴だから、淡鶯は嫌だったようだ」

「まあ」

苦笑いを浮かべる蓮の表情はどこかあどけなく、雪花は温かな気持ちになる。

月日を重ねることで、蓮の態度にも変化が見えるようになった。

大人としての面だけではなく、大人びて見えた蓮の本心も垣間見ている。

甘いものが好きで、苦みのある青菜が苦手なこと。朝にお茶しか飲まないのは、寝起きが弱くてすぐに動けないから。夜目が利くので、夜はよく外で星を読んでいること。

「今日は蜜に漬けておいた山桃を煮てみたんです。どうですか？」

「とてもおいしいです……雪花はどんどん料理がうまくなりますね」

雪花は包丁と水瓶の精霊から料理も学びはじめたのだ。

蓮はそんなことをする必要などないと渋い顔をしていたが、雪花が自分から「いずれ独り立ちをするのならば料理くらいはできないと！」と押し切ったことがはじまりだった。

これまで自己主張をほとんどしなかった雪花の言葉に蓮はとても面食らったようで、「独り立ち……」と呆然と呟いて、しばらく返事をしてくれなかった。

慣れぬ料理に最初は苦労した雪花だったが、包丁たちの教えがいいのか、すぐに簡単なものを作れるようになった。

食卓に、ひとつ、またひとつ、と雪花が作った品が増えていく。

それに気がつくたびに、蓮はどこか複雑そうな表情を浮かべながらも「おいしい」と雪花の料理に賛辞をくれるようになっていた。

「ふふ。包丁たちがいい先生だからです。店を出したらどうか、なんて言うんですよ」

「店、ですか」

「あ……」

つい口にしてしまった軽口に蓮が反応したのを見て、雪花は少し慌てる。

まるでいずれ外に出て店を持つつもりだとも取られかねない発言をしてしまった。

それならば店を準備するなどと言って、焔家を出る準備をされてはたまらないと雪花が冷や汗を流していると、なぜか蓮は黙り込んだ。

「蓮さま？」

想像とは違う蓮の反応に、雪花は首を傾げる。

箸を止め、雪花が作った山桃の甘煮をじっと見つめ、眉根を寄せる表情は怒っているようにも見えて。

もしかして口に合わなかったのだろうかと不安になっていると、蓮は器を呷るようにして一気に口に流し込んでしまう。

蓮らしからぬ乱暴な食べ方に雪花が目を白黒させている間に、蓮は「ごちそうさまでした」とひとこと言って席を立った。

その場に残された雪花がそれを呆然と見送っていると、水瓶が人の形になって笑い声を上げた。

「蓮は本当に不器用な男だ。おもしろいおもしろい」

「水瓶？　蓮さまはどうしたの？」

「なに、簡単なことよ。あいつはお前さんが成長するのが寂しいのさ」

「寂しい……？」

「手のかかる幼子だと思っていたのだろうが……掌中の蕾がこんなに早く咲くことに考えが及ばぬなど、まだまだ未熟者じゃ」

水瓶の言っていることがわからず、雪花は首を傾げるばかりだった。

その日以来、雪花はときおり蓮に強く見つめられていることに気がつくようになった。

龍厘堂で琥珀に演奏を教わっているときも、以前はめったに姿を見せなかったのに、入口にたたずんでいることが増えた。

書を習うときや、読書をしているときも、不意に蓮の視線が注がれていることに気づくとどうにも落ち着かない。

なにか用事があるのかと雪花が顔を上げれば、蓮はすぐに顔を背(そむ)けて、その場から立ち去ってしまうというのに。

「もしかして……私を外に出すつもりなのかしら……」

まだ半年しか経っていないのに、もしかして心変わりでもしたのだろうかと不安がこみ上げる。

なまじ料理など覚えてしまったから、蓮が気を回してくれたのかと考え、台所に立つことをやめようかと思ったこともあったが、包丁たちがあれこれ食材を揃えてくれるのを断るわけにもいかず、雪花はつい夕餉(ゆうげ)の支度に加わってしまうのだった。

「蓮さま、今日の蒸し鶏はどうですか？」

「とてもおいしいですよ」

「そう、ですか」

食事時も、なぜか以前ほど会話が弾むことがなくなった。

料理を褒めてくれるし完食もしてくれるが、どうしてもぎこちない。

「……」

急に悲しくなって雪花は箸を止めてしまった。

せっかく蓮と一緒にいるのに、彼がとても遠い気がして。

静かになった食卓に気がついたのか、お茶を運んでいた小鈴が「もう」と頬を膨らませた。

「蓮さまも雪花も悲しい顔してる！　喧嘩したときはちゃんとお話ししないとだめなんだよ！」

「小鈴……別に、喧嘩をしているわけじゃ」

「そうだ。俺たちは別に」

「嘘！　雪花は泣きそうだし、蓮さまもなにか怒ってる！　小鈴、わかるんだからね！」

「……」

怒った小鈴に、蓮と雪花は顔を見合わせる。

久しぶりに真正面から見つめあった気がして恥ずかしくなり、すぐに目を逸らしたが、それは蓮も同じだったようで、背中を向けられてしまった。

(蓮さまは私のことが嫌になったのかしら……なにか気に障ることをしたのかも……やっぱりもう出ていくべきなのかしら)

「雪花ぁ……どこにもいかないよね、ずっとここにいるよね？」

雪花の心を読んだかのように、小鈴の小さな手が雪花の手を握ってきた。

温度のないひんやりとした手は震えており、瞳にはうっすら涙が滲んでいるような気がして、雪花は申し訳なさにつられて泣きたくなってきた。

こんなに慕ってくれているのに、と。

「大丈夫よ。私はどこにも行かないわ。ここで静かに生きてくのが、私の願いよ」

そう口にしながら、心の奥がじくりと痛みを訴えるのを雪花は感じていた。

本心では、今よりももっと蓮と近くなりたいと感じているくせに、ともう一人の自分が責め立てる。

（だめよ、この気持ちは封じておかなければ。知られたら、きっと蓮さまは困ってしまうわ）

蓮が妻を望まないと言うのなら、妹であり続けようと決めていた。

一人で生きていくつもりでいた蓮の覚悟に、かつての自分を重ねたこともある。

蓮の優しい微笑や大人びた所作を目にするたびに、本当は胸が苦しいほど彼に恋い焦がれているというのに。

元より後宮で一人生きることを覚悟していた身だ。生涯誰とも結婚せずに孤独に生きていくつもりだった。それが兄と蓮の優しさにより、明るい場所で生きることを許されたのだ。これ以上を望むなんて許されることではない。

たとえ蓮に愛されなくても、妹であるうちは傍にいられる。今の雪花にとって、それ以上の幸せはない。

もし雪花が蓮に想いを告げればどうなるだろうか。きっと蓮のことだから、自分を遠ざけようとするだろう。そうなれば、蓮の顔を見ることすらできなくなる。

（いつかは、ここを離れなければいけない日が来るとしても、私は）

蓮への気持ちを断ち切れる自信はなかった。だが蓮が誰とも添い遂げないと決めている以上、自分の想いを封印すべきことも痛いほどわかっていた。

だからこそ、この日々を大切にしたいと雪花は小さな胸を押さえながら、己の恋心を必死に押さえつけている。

「雪花」

どこか切なげな声で名前を呼ばれて顔を向けると、まっすぐにこちらを見ていた蓮と視線がぶつかった。

「私も……あなたにどこかへ行ってほしいとは、思っていませんから」

「蓮さま？」

「それだけは、忘れないでください」

強い力をたたえた黒曜石の瞳に射すくめられ、雪花は返す言葉を見つけられず立ち尽くした。

腕にしがみつく小鈴の柔らかな感触がなければ、泣き出していたかもしれない。

（どうして私の心をかき乱すのですか）

残酷だ、と叫びたくなる気持ちを押し殺しながら、雪花はただ静かに蓮を見つめることしかできなかった。

＊＊＊

そんな日々が過ぎていくうちに季節はまたうつろい、庭の木々から葉が落ち、朝でなくとも厚手の上衣が手放せない時間帯が増えた。

「火鉢、ここにおいておくね」

「ありがとう小鈴」

冷え込むからと、小鈴が大きな火鉢を抱えて雪花の部屋にやってきたのは宵の口だ。

熱いし重いのではと雪花は慌てたが、小鈴は平然とした顔をして、自分は鈴だから多少の熱など平気なのだと、コロコロと笑って取り合わない。

見た目はただの童女なのに、小鈴は本当に人ではないのだ。

その事実は何度思い知っても雪花を混乱させる。目の前で鈴から人に転じ、人から鈴になるのを何度も見たというのに。

寝所を整えてくれる小さな頭をそっと撫で(な)ると、さらさらした髪の感触は伝わってくる。だが抱きしめればその身体に熱はなく、ひんやりとしているのを雪花は知ってしまった。

「雪花？　どうしたの？　寒い？」

「ううん。小鈴にありがとう、って伝えたくて」

「小鈴は褒めてもらうのが好き。音が綺麗って言ってもらうのが一等好きだよ」

「そうね、小鈴の音はとっても澄んでいて、心地よい音色だわ」

その言葉に小鈴が嬉しそうに鈴音を鳴らし、目を細める。なんて愛しい光景だろうと雪花も頬を緩めた。

だが不意に、小鈴の表情が不安そうに陰(かげ)る。

「ねえ雪花。雪花は優しい。私たちは優しい人が大好き。でも蓮さまが言ってたみたいに、人が好きなヤツばかりじゃないのは絶対に忘れないで」

「……小鈴？　どうしたの」

小さな手が、雪花の手をぎゅっと握る。体温こそないが、柔らかなその手が小刻みに震えていた。

なにが小鈴の心を曇らせるのかと、雪花がその手を包み込みながら問いかけると、愁いを帯びた錫色の瞳が見上げてくる。

「あのね。龍厘堂にいる水鏡がね、嫌なことを言ったの」

「水鏡？」

そんなものがあっただろうかと雪花は首を傾げた。

「上の階にしまわれているの。でもときどき出てきてね、嫌な予言をしていくの。琥珀が言っていたわ、水鏡は未来を読む道具なのよ」

「未来を？」

「もうすぐよくないことが起こるって。雪花がここからいなくなるって」

「私が……？」

ぞわり、と首筋が粟立つ。

いつかそんな日が来ることを覚悟はしていたが、よくないことが起きるというのは聞き捨てならない。

「他にはなんと言っていたの？」

「水鏡は意地悪だから、大事なことは教えてくれないの」

小鈴は悔しそうに唇を噛み、雪花の腕にひしとしがみついてきた。

「雪花、なにかあったらすぐ小鈴に言って。琥珀でもいいよ。一人になっちゃ絶対だめだよ」

なぜ小鈴がこんなに必死なのかわからず、雪花は首を傾げながらも何度も頷く。

「怖いの。精霊に好かれる人は、同時に理から外れた連中にも見つけられやすいから。雪花になにかあったら、いやなの」

「小鈴」

「忘れないで。精霊は人ではない。すべてを受け入れてはだめだよ」

蓮にも、使い方を誤れば精霊は呪いに転じるし、またその道具を使って悪事を働こうとする者がいることを教えてもらった。

実際に呪いだって目にしたことがある。あれは本当に恐ろしいものだった。

「わかったわ。忘れない、絶対に忘れないわ」

しっかりと頷けば、小鈴が安心したように微笑む。

その笑顔に心を癒やしながらも、雪花は言葉にできぬ不安がひたひたと近づいてくる予感に心を震わせていた。

六章　切なる記憶

もしかしたら今年はじめての雪が降るかもしれない、と雪花は空を見上げて思った。

名前に戴きながらも、雪花は雪が嫌いだった。

雪を見ると嫌な記憶が蘇るからだ。真っ白な雪に飛び散る赤い血。冷たくなっていく母の身体。

ここで蓮や小鈴と過ごすようになって夢を見ることはなくなったし、振り返る時間も減った。それでもその記憶は、雪花にとって永遠に忘れられないものだ。

（お母さまは、今の私をどう思うかしら）

もう母の輪郭はおぼろげだった。優しく穏やかで、声を荒らげたことなど一度もなかった。いつもどこか悲しげな顔をして、雪花を抱きしめてくれた母。自由を奪われ、後宮で命を落とした母は、今の雪花をどう思うのだろう。籠の蓋が開いているのに逃げ出さない、意気地のない子だと呆れているかもしれない。

（お兄さまは……怒るかもしれないわね）

威厳に満ちた兄の顔を思い出しながら、雪花は苦笑いを浮かべる。

不憫な境遇にあった母と雪花を案じ、ずっと気にかけてくれていた利普。

兄が月花宮に来るのが、幼い雪花はなにより嬉しかった。母も、利普が来ているときだけは花のように笑っていた記憶がある。普剣帝となった今も、母を失った憐れな妹を守ろうとしてくれている優しい兄。

その兄の願いに応えるためにも、いつかはここを離れて安全な場所で生きたほうがいいのかもしれないと思いつつ、やはり叶うならばずっと蓮の傍にいたいと雪花は考えている。家族として蓮を支えていきたい。

（もう少し落ち着いたらお兄さまに手紙を書こう。私の気持ちを知れば、きっとお兄さまはわかってくださる）

これまでは忙しい兄への遠慮から、願いごとをしたことはほとんどなかった。だが、今回のことだけは譲りたくない。安全な場所で自由に生きてほしいという兄の気持ちからは少し離れることになるが、問題はないはずだ、と。

文面をどうしようかと考えながら歩いていた雪花の耳に、小さな足音が聞こえてきた。視線を上げると、小鈴が息を切らせて走ってくる。

「雪花、だめ、来ちゃだめ」

「どうしたの！」

「部屋にいて。出てきちゃだめ」

「小鈴？」

雪花が駆け寄ると、抱きついてきた小鈴はいつも以上に身体を冷たくして、細かく震えていた。青ざめた顔には見たことがないような怯えが滲んでおり、これはただごとではないと雪花は感じた。

「いったいなにが……蓮さまは？」

「今行ったらだめ。小鈴と来て」

「えっ！」

見た目からは想像もできない力強さで腕を引かれ、今来た道を戻らされる。あと少しで母屋だというのになにごとだろうかと、顔を上げた。

「……？」

複数の人影が母屋前に集まっている。蓮と精霊たちだろうかと目をこらした雪花は、それがなんであるかを悟り、言葉をなくした。

見覚えのある服装と独特の威圧感。なにかを探るように周囲を見回す彼らから放たれる不穏な空気に、雪花は後ずさる。

「……兵士たちが、なぜここに？」

後宮で嫌というほど見てきた護衛兵たちが、そこにいた。身体中の血が引き、呼吸が乱れた。心臓の音が耳の中で反響して、雪花はその場に崩れ落ちそうになる。その身体を支えたのは小さな小鈴だ。

「部屋にいれば大丈夫だから。絶対に出てきちゃだめだよ」

小鈴はその小さな身体からは信じられないような力強さで雪花を抱え上げた。そして驚くほどの速さで雪花を部屋に連れ戻った小鈴は、部屋中の窓を閉じ、最後に入口を外側からしっかりと塞いでしまった。

ようやく我に返った雪花が扉にすがりつくが、びくともしない。

「小鈴！　蓮さま!?　みんな！」

普段ならば話し相手になってくれる道具の精霊たちもなぜか反応してくれず、無音の中で雪花はその場にへたりこんだ。

（どうして、兵士が……？）

蓮は皇帝に仕えているのだから、その関係で兵士が訪れてもおかしくはない。だが、一瞬だけ見えた彼らから感じた不穏な空気は、決して仕事を頼みに来たものではなかった。なにより小鈴の慌てたようすが、ただごとでないことを語っていた。

なにかよくないことが起きている。そんな予感に雪花は肩を抱いて身を丸めた。

どれほどそうしていただろうか。かすかに聞こえた物音に雪花が顔を上げると、しっかり塞がれていたはずの扉がゆっくりと開き、光が差し込んだ。その先にいたのは、髪を乱した蓮だ。走ってきたのだろう、わずかに呼吸が乱れている。

震える手を伸ばすと、蓮はその手をしっかりと握ってくれた。ためらいながら床に膝をついた蓮は、立ち上がることができずにいる雪花を抱き上げ、長椅子に座らせた。

体温を失いかけた手を温めるように包み込んでくれる蓮を、雪花は見つめることしかできなかった。

なにか言わなければ、と思うのに言葉が出てこないのだ。

「すみません。事情を説明している暇がなかった。驚いたでしょう？」

「……なにがあったのですか？」

「城から使者が来ました。瑠親王殿下の配下だと名乗って」

「っ……‼」

蘇るのは、いつも雪花を意地悪く見下ろす異母兄の顔だ。もう二度と関わることはないと思っていたのに、なぜ。

「表向きは、焔家が魂を持った道具に精通しているので厄介な道具を預けたい、という話でした。ですが、彼らは明らかにあなたを捜していた」

「……私を、ですか？」

「ええ。公主は健勝かとしきりに尋ね、あなたを案じた瑠親王殿下から預かった土産を渡したいと」

嫌な予感しかしない話だ。雪花の降嫁が決まった際も、瑠親王は不相応なほど高価な祝いの品々を渡してきた。しかしそれは祝いではなく、雪花を貶めるためのもの。その瑠親王が、わざわざ使者を寄こしてまで再び雪花に関わろうとしている。

それがなにを意味するのか。

「あなたは寒さで熱を出しているので会えないと告げ、帰ってもらいました。しかし皇族からの贈り物を突き返すわけにはいかず……」

苦みを帯びた蓮の表情に、瑠親王からの土産を断りきれなかったのだとすぐに理解した。当然だろう。相手は皇帝の弟で、その上、母親の生家である伶家という大きな後ろ盾がある。意味もなく贈り物を断れば、目をつけられかねない。

むしろ受け取ってくれてよかったと雪花は思った。たとえ瑠親王の企みがなんであれ、自分が受け入れればいいだけの話だ。蓮に害が及ばないのならば、嫌がらせに耐えることくらいなんてことはない。これまでのように。

「大丈夫です。彼らから守ってくださっただけで十分です。もし顔を合わせていたら……怖くて泣いてしまったかもしれません」

わざとおどけるような口調で雪花が笑うと、なぜか蓮のほうが苦しそうに顔を歪めた。

はじめて見る表情だった。

いつも悠然と優しく微笑む蓮とも、胸のうちを打ち明けてくれたときのような悲しみに満ちた蓮でもない。耐えられない痛みに苛まれているような表情に、自分の胸まで痛む気がする。

「もしかして、他にもなにかあったのですか？」

唇を噛みしめた蓮の態度が答えだった。

「いずれは耳に入ることですから俺から伝えておきます。瑠親王はあなたを後宮に連れ戻そうとしている」

「……!!」

「兵士らの帯剣にずいぶんと古いものがいたようです。言葉を発することはできないようでしたが、意志があり、道中彼らが話していた内容を俺に伝えてくれました。彼らの本当の目的は、あなたが本当にここにいるかの確認です」

「まさか……そんな……」

今さらどうしてと、恐怖と驚きで身体を震わす雪花の背を、蓮の大きな手が宥めるように撫でさする。

「道具は嘘を吐けません。剣は不思議がっていました。娘を連れ帰るだけなのに、かなりの手間をかけると。その場にいた他の道具も聞いています。あなたを連れていくのかとひどく憤慨して、飛びかからんばかりの勢いでしたよ」

「……みんなが？」

「ええ。あなたが関わった精霊たちは、みんなあなたを大切に思っている」

その言葉に雪花はこらえきれず、涙が溢れた。

こんな自分を大切に思ってくれている。たとえ人ではなくとも、自分のために憤ってくれる存在がいる。そのことがどれほど嬉しいか。

「う……ううっ……」

「大丈夫です。あなたは皇帝陛下の命により、この焔家に嫁いだ身。たとえ親王殿下とはいえ、無理に連れ出すことは叶いませんし、させません」

「蓮さま……」

「必ず守ります。彼らの目的がなにかはわかりませんが、雪花を渡したりなどしません。あなたは大切な預かりものなのですから」

預かりもの。その言葉が雪花の胸を締めつけた。

守ろうとしてくれる蓮の意志は嬉しくてたまらないのに、蓮自身にとって大切なわけではなく、兄の命令で大切にされているだけなのだと突きつけられるようで、切なくなる。

「これからしばらくは、決して一人で動き回らないでください。必ず小鈴と共にいて、俺がいないときは部屋から出てはいけません。この部屋には、あなたの姿を隠す術をかけてあります」

「わかりました」

「顔色が悪い。なにか食べたほうがいいでしょう……食事を運ばせますから、少し休んでいてください」

優しく髪を撫でてから、蓮の身体がゆっくりと離れていく。それが嫌で、雪花は思わず蓮の袖を掴んでいた。

「……雪花？」

「もう少しだけ……傍にいてください」

声を震わせながら指先に力をこめ、袖を引いた。

叶うならば、その腕で抱きしめてほしい。

でも、そんなはしたない願いは口にできない。蓮がどんな顔をしているのかを見る勇気もなく、顔を伏せたまま、雪花はただ袖を必死に握りしめる。

「雪花」

蓮の腕が、まるで雪花の心を読んだようにその身体を抱きしめた。背中に回された腕にこもる力は痛いほどなのに、伝わってくる体温が嬉しくて頼もしくて、溢れる涙が止まらなくなる。

こらえきれず、すがりつくように蓮の背に手を回した。

一瞬、蓮は息を呑んだが、拒む気配はなかった。それに甘えるように、彼の胸に頬を擦りつけ、雪花は離れたくないと言葉にできぬままに訴える。

「大丈夫……絶対に、守ります」

噛みしめるような蓮の言葉に、雪花はただ何度も頷くことしかできなかった。

＊＊＊

朝の予感どおり、夕暮れどきに雪が舞いはじめた。

初雪に想いを馳せる間もなく、雪花は瑠親王の使者が置いていった長箱をじっと眺めている。隣にいる蓮や小鈴、琥珀ですら暗い顔をしている。

「開けないほうがいいんじゃないのか」

「そうだよ、雪花。このままでいいよ」

「そういうわけにはいかないわ。礼状だけでも返しておかなければ、理由をつけてまた押しかけてくるかもしれない」

雪花とて本心では蓋(ふた)を開けたくなどなかった。だが、中身がなにかも確かめず文を出せば、それこそ足元をすくわれかねない。瑠親王とはそういう人だ。

「確認しましたが、危険な気配はしません。ですが、重々気をつけてください」

蓮の言葉に神妙に頷きながら、雪花はそっと蓋を持ち上げる。

中に入っていたのは、高級そうな上衣と文箱がひとつ。

その上に添えられた手紙を手に取ると、瑠親王が好んで焚いていた香の匂いが漂って気分が悪くなる。だが読まないままでは済まないと、雪花はそっと手紙を広げた。

「……季節の挨拶と、あなたを案じる内容ですね。特に怪しい文言も、呪いの気配もありません」

「ええ……」

一緒に内容を確認してくれた蓮に応えながら、雪花は拍子抜けした気分だった。

あたりさわりのない文面は本当にあの瑠親王がしたためたものなのかと確かめたくなるほど普通で、身構えていた気持ちのやり場を失ってしまう。上衣を取り出してみても、特に変わったところはない。雪花が身につけるにはいささか華美すぎる装飾が施されているが、品としては高級なのがよくわかった。

「そちらは？」

「この箱自体が良い品なので、これを使えということなのでしょうか……？」

黒檀で作られているらしい文箱は見た目よりもずいぶん重い。上衣と違って目立つ装飾はないが、細かい彫りなどから察するにこれも価値ある物なのだろう。机に載せて蓋を開けてみると、中には硯や筆が収まっていた。筆に施された過剰なまでの細工はやはり華美で、その太さも雪花が使うにしてはずいぶん大ぶりだった。

「……文を寄こせ、ということなのでしょうね」

筆や紙を贈るのは、それを使ってほしいという意思表示だ。ずいぶん遠回しなやり口だが、中身を確認してよかったと思いながら、雪花は筆に手を伸ばす。使い心地について言及しなければ、きっと箱を開けていないと勘ぐってまた使者を寄こすかもしれない。

手に取った筆はずっしりと重く、雪花では使いこなせない品だった。悪趣味な贈り物に眉をひそめながらも、あからさまな嫌がらせではないことに安心し、詰めていた息を吐きだす。

蓮たちもまた、雪花を害するものではないことに安心したようすで表情を和らげていた。

「そういえば、使者が持ってきた厄介な品というのはなんだったのですが？」

「筆筒です。筆を入れておくとなぜか毛が痛み、使い物にならなくなるということでした。見たところ魂は宿っていませんでしたが、やっかいな呪いがかけられているようですね」

「呪い」

思わず雪花は手に持っていた筆を握りしめる。

「人を害するまではいきませんが、近くにある道具を腐らせる呪いです。なぜそんな呪いをかけたのか」

蓮の言葉に、雪花はかつて呪われたときの恐怖を思い出していた。

「明らかに作為的なものです。焔家ではそういう類の術は扱いませんが、道士の家系によっては呪いを稼業にしている場合も少なくありませんからね。だが、皇族が扱う品に呪いをかけるなど自殺行為だというのに」

嫌な予感に震えながら、雪花は手の中に収まった筆をじっと見つめる。もしかしてこの筆にもなにか呪いが、と一瞬怯えるが、蓮はそんな気配はないと言っていた。きっと大丈夫だ。そう自分に言い聞かせながらも、雪花は重たい筆から目が離せないでいた。

「……？」

不意に筆の根元にわずかなズレが生じているのに気がついた。なにか文字の書かれた紙で固定されていた部分が剥がれ、中身が露出している。

重たいとばかり思っていた持ち手部分は、どうやら筒状の飾りになっているだけのようだ。飾りを外せば中は普通の筆で、使いやすいのかもしれない。

雪花は紙を剥がすと手に力をこめ、飾りからゆっくりと中身を引き抜いていく。

しかし筒状の中から顔を覗かせたのは、筆ではなかった。

太い針のような金属が、鈍色に光りながら姿を現す。

「……え?」

それは細く長い刃だった。

重い飾りが床に音を立てて落ちると同時に、それが筆を装った暗器だったのだと雪花はようやく悟る。

恐ろしさから手放したいのに、なぜかその手が持ち手に吸いついて離れない。

それどころか、雪花の意志に反してわずかに震えてさえいる。

なにかを探すようにさまよいはじめた切っ先に、雪花はひっ、と悲鳴を上げた。

「雪花‼」

雪花の異常に気がついた蓮たちが駆け寄ってくる。

すると刃がぴたりと動きを止めた。

「だめ‼　来てはだめです‼」

それを握りしめている雪花にはわかった。

これがなにを狙っているのか。投げ捨てなければ、刃を隠さなければと思うのに、身体が言うことを聞かない。身体が勝手に柄を握りしめ、まっすぐ蓮に向かっていく。

「なにが……っ!」

すんでのところで蓮は雪花の攻撃を避けたが、刃は止まらない。刃に引きずられるように、雪花の身体は的確に蓮へ狙いを定めて凶刃を煌めかせる。

「嫌！　いやよ！　なんで‼」

雪花は泣きじゃくりながら必死で刃に抗おうとするが、握りしめたその手は自由にならない。

蓮や周りの道具たちを傷つけようとする自分の身体が信じられず、悲鳴を上げながら引きずられていく。

蓮が部屋の外に出ても刃は的確にその後を追い、薄く雪の降り積もった庭先で攻防が続いた。

刃を握った腕に引きずられている雪花はもう足元がおぼつかない。涙で前が見えないのに、止まってくれない己の身体に心がどうにかなってしまいそうだった。

（いや、なんで。蓮さまを傷つけたくなんてないのに）

『殺す。切り刻んでやる』

（絶対にだめ‼　だめよ‼）

刃を掴んだ部分から流れ込んでくるのは、真っ黒な感情だ。それが今握っている刃の魂だと、雪花は考えずとも理解する。

血に塗れ、命を奪うことを役目として与えられた刃は、人を斬ることだけが自分の価値だと思っている。

それ以外考えられず、魂を闇に染めてしまった。

目の前にいる蓮を殺すことが、今の刃にとってなによりの使命だと信じきっている。

「酷い……‼」

道具に罪はない。そのために造り、使ったのは人だ。

小鈴や琥珀のように人に愛された魂とは違う、その憐れな衝動に、雪花は泣きながら必死に抗おうとするが、敵わない。

「くそっ‼」

焦りを帯びた顔の蓮が動きを止め、なにかの呪文を口にした。雪花はその音を正確に聞き取れなかったが、なんらかの効果があったらしく、刃の動きが鈍る。その反動で雪花の足はもつれ、地面に転がるように倒れた。

その一瞬を逃さず、蓮が雪花の手首を掴む。そして懐から赤い文字が書かれた紙を取り出して雪花の腕に巻きつけ、その手から刃を取り上げようとした。

だが。

「いけません、蓮さま！　危険です‼」

雪花には、刃がなにを狙っているのか伝わってくる。しかし、言葉にするよりも先に刃が動いた。

刃そのものが、まるで生き物のように柄から離れて宙に浮いたのだ。

同時に自由になった雪花の身体は、地面へ落ちていく。蓮は当然、雪花を庇うために腕を伸ばしその身体を抱き寄せた。

それが刃の狙いだった。

「蓮さま‼」

一瞬宙に浮いた刃は自重によってまっすぐに落ちてくる。

そこにあるのは雪花を抱きとめた蓮の身体。

「ぐっ……‼」

布と肉を裂く音と、鈍いうめき声。

鋭く細い刃が、蓮の肩を掠め地面に突き刺さった。深く刺さったためか、刃はそれ以上動けないようでカタカタと震えている。

刃を濡らす赤い血に雪花は息を呑み、自分に覆いかぶさっている蓮の肩を見つめた。

露出した肌をまっすぐに切り裂く赤い筋。そこから鮮血が球となって盛り上がり、薄く積もった雪にしたたり落ちた。

鮮やかな赤が白い雪を染める。

「い……いやぁああああ‼」

その光景が、雪花にとってなによりも悲しく恐ろしかった記憶を蘇らせた。

＊＊＊

それは雪花が七つになった冬のはじめに起きた。

数日前から降り続いていた雪が晴れたこともあり、先帝がすべての妃を集めて庭園で雪見会を開くと突然言い出したのだ。雪花の母もその命に従い、珍しく着飾らせてもらった雪花を伴い、後宮に作られた庭園に向かった。

見慣れた庭園も、降り積もった雪と柔らかな冬の日差しでなにもかもが輝いて見える。

たくさんの綺麗な人たちやおいしい食事、絶え間なく聞こえる美しい音楽。月花宮での息をひそめた暮らしとはまったく違う艶やかな光景に、雪花は目を奪われ、胸をときめかせた。

忠臣たちが多数参加していたこともあり、麗貴妃も皇帝のご機嫌取りに忙しかったのだろう、この日ばかりは雪花たち母娘に近づいてくるようすもない。

雪花の母も久しぶりの華やかな時間を楽しんでいるように見えた。とても幸せな時間だった。

だが。

「貴様のせいで……!!」

突然、皇帝のいた上座で誰かが叫んだ。同時にその周りに集まっていた妃や女官たちが悲鳴を上げる。兵士たちが走りだし、場の空気は一変した。

母の膝に抱かれていた雪花はなにが起こったかわからず、必死に母にしがみつく。

「雪花、母から離れてはなりませんよ」

「はい」

その場を離れようと試みたものの、同じように逃げ惑う人々の波に押され、母娘は身動きが取れない。

「あっ」

誰かに押され、雪花は母の腕から転がり落ちるようにして地面に叩きつけられた。すでに大勢が逃げたあとだったため人に踏まれることはなかったが、踏み荒らされ雪と泥が混じった地面のせいで着物が濡れ、うまく身動きが取れない。

「雪花!」

「ははさま!!」

「くそう!　じゃまだ!!」

「きゃあああ!!」

必死に立ち上がって母のもとに戻ろうとした雪花を、誰かが引きずりあげるように持ち上げ、後方に投げ飛ばした。

　再び地面に打ちつけられた雪花が、なにが起こったのかと元いた場所を見ると、そこには恐怖に顔を引きつらせた思敏がいた。なぜ自分を投げたのかと痛みをこらえながら異母兄を見つめていた雪花の視界に影が落ちる。

「雪花‼」

　母の悲鳴に弾かれたように顔を上げると、そこには悪鬼がいた。否、悪鬼のような顔をした男が立っていた。身体の半分をべったりと血で染め、目に暗い光を灯した男は雪花を見下ろし、荒い呼吸を繰り返している。その手が握るのは、鮮やかな血が滴る柳葉刀。

「貴様ら皇族のせいで、我が家は……‼」

「いやっ‼」

　殺される、と雪花は本能で理解し、力のかぎり叫んだ。刀が宙を切る音が響く。それとほぼ同時に、雪花は自分の身体になにかが覆いかぶさるのを感じた。温かくて柔らかくて、雪花の大好きな匂いのする誰かが、小さな身体を包むように抱きしめたのだ。

「きゃあああああ‼」

　ひどく気味の悪い音と共に甲高い悲鳴が雪花の耳を刺した。覆いかぶさっている身体が痙攣し、抱きしめてくれる腕の力が痛いほどに強まる。視界を塞がれている雪花にはなにが起こったかわからなかった。だが、とてもよくないことが起きていることだけはわかった。恐怖に震え、声すら上げられない。

「捕らえろ‼」

「くそぉ！　くそぉ‼」

誰かの声がして、大勢の足が地面を揺らす。たくさんの人々の叫び声や激しい物音の中、雪花は誰かの腕の中で丸まり続けていた。

そのうちになんの音もしなくなり、雪花はようやく目を開けた。

抱きしめてくれているその人に、もう大丈夫だと伝えるために優しく腕を叩く。

だがその人はなんの反応も示さない。不安になってもう一度腕を押すと、その人はぐらりと身体を揺らし、地面に倒れた。

「ははさま？」

それは紛れもなく雪花の母だった。瞳に光はなく、真っ白な腕は投げ出され、身動き一つしない。雪に鮮やかな血が広がっていく。

「ははさま……ははさま……」

倒れた母に近寄り、雪花はその肩を何度も揺すった。しかし、まだ温かい母の身体は微動だにしない。

そのうちに再び雪が降りはじめ、母の身体はどんどん冷たくなっていった。

幼い雪花には母の死が理解できなかった。

ただ、母がもう自分を見て微笑んでくれることも、抱きしめてくれることもないことだけはわかった。

ここを離れたら、二度と母の顔を見ることができないことも。

「雪花！」

誰かが雪花の名を呼び、抱き上げてくれた。

それが誰だったのか、雪花は覚えていない。

真っ白な雪を染める母の鮮やかな血。

そのときの光景を、雪花は一生忘れないだろう。泣くことも叫ぶこともできず、雪花は気を失う最後のひとときまで、母から目を離さなかった。

次に雪花が目を覚ましたときにはすべてが終わっていた。

雪花の母を切った男は、後宮の料理人だった。

突然の宴の準備が忙しかったこともあり、料理を運ぶために他の料理人ともども庭園に駆り出され、なに食わぬ顔をして皇帝の傍まで近づいた。そして懐に隠していた柳葉刀を取り出し、皇帝に切りかかったのだ。だが傍にいた官吏が代わりに切られ、皇帝は無事だった。

すぐに近衛兵に守られた皇帝に危害を加えることができなくなった男は、今度はその凶刃を妃や皇帝の子どもに向けた。

皮肉にも、皇帝に気に入られようと麗貴妃に連れられて傍にいた思敏が真っ先に狙われた。泣きながら逃げ出した思敏は倒れていた雪花を見つけてしまった。自らの身を守るため、幼い異母妹を身代わりにしたのだ。

もし母が雪花を庇っていなければ、死んでいたのは雪花だっただろう。

皇帝を狙った男は雪花の母を切りつけてすぐに捕縛され、そのまま牢獄で自害したという。

男の寝所からは、皇帝と皇族への深い恨みが書かれた遺書が見つかった。

その昔、男には妻がいたが、皇帝に見染められ、無理矢理奪われていた。抗ったために、男の家は取り潰しとなり、奪われた妻は無理矢理閉じ込められた後宮で命を絶った。それは皇帝から受けた辱めだけのせいではない。寵を奪ったと他の妃から散々に冷遇され、居場所を失い、心を病んだからだ。

男は皇帝と後宮を憎み、凶行に及んだのだった。

この騒ぎが露見すれば醜聞になるとして、皇帝は緘口令を出した。

雪花の母は公主を守ったうえの事故死扱いにされ、褒美としていくつかの位と共に封じられたが、それだけだ。

思敏が雪花を身代わりに差し出したことは罰せられることもなく、恐怖を味わい母さえも失った娘を、皇帝は一度も見舞うことがなかった。

それ以上の調査も追及もされぬまま、事件は幕を閉じた。

雪花の乳母であった明心が、生家の祝い事で外出していて無事だったことが唯一の救いだった。

明心が戻ってこなければ、雪花の心は壊れていただろう。明心の腕に抱かれ、雪花は事件のあとようやく声を上げて泣きじゃくった。二度と会えない母を呼び、叫ぶその姿に、明心も一緒になって涙を流した。

幼い雪花は葬儀に参加することも許されず療養の日々を送っていたそうだが、そのころの記憶は曖昧で、どうやって過ごしていたのか覚えてはいない。僧院に身を寄せていたと記録には残っているが、幼い雪花の記憶にあるのは倒れた母と血に染まった雪だけだ。

親を亡くした公主は、本来ならば他の妃が育てるのが慣例ではあった。

だが麗貴妃に疎まれている雪花を引き取りたいと言い出す妃はおらず、雪花は育て手の決まらぬままに月花宮に戻されることになる。

「すまない……私の力が及ばぬばかりに」

「どうして利普兄さまが謝るの……」

「すまない……すまない雪花」

一人になってしまった雪花を心配した利普が手を尽くしてくれたおかげで、なんとか暮らし向きを整えることはできたが、それでも最低限だった。明心だけが雪花に残された唯一の存在だった。

母の死を目の当たりにした雪花はよく身体を壊し、夢にうなされた。特に冬が近づくとその傾向は強くなり、公主教育もおろそかになっていく。

ある日、熱があるにもかかわらず歌の稽古だと呼び出された楼閣でのことだ。

立っているのもようやくな状態の雪花に近寄ってきたのは、麗貴妃と思敏であった。いつもなら二人の姿が見えれば姿を隠すようにしていた雪花だったが、熱に浮かされた身体がそれを許さない。

震えながら挨拶をすると、麗貴妃は鼻を鳴らし、不愉快さを隠しもせずに言った。

「無様に生き残って憐(あわ)れね。どうせならば母親諸共死んだほうが楽だったでしょうに」

「ふん、俺の身を守れたのだ。光栄に思え」

冷酷な言葉に、雪花は呼吸すら忘れて二人を見た。麗貴妃の瞳には憐(あわ)れみどころか、雪花が生き残ったことへの苛立ちが滲(にじ)んでおり、思敏には反省の色すらない。

「どうして……」

怒り以上に悲しみに襲われ、雪花はその場で倒れた。自分を蔑む二人の視線に、耐えきれなかったのだ。

それ以来、雪花は月花宮の外に出ることをやめた。誰の目にもとまらぬように息をひそめ、月花宮で置物のような日々を過ごした。

一度も顔を合わせることのないまま父であった先帝が逝去し、利普が普剣帝になり、思敏が瑠親王となったと知らされたときは、先帝の喪に服すという建前のもと真っ先に僧院へ逃げ出した。皇帝になれなかった憤りを、瑠親王がぶつけてくるのが恐ろしくてたまらなかったからだ。

＊＊＊

蓮の身体から流れる血は、雪花をあの日に引き戻していた。

「私の……私のせいで……‼」

あの日、自分が母の腕から離れなければ。すぐに逃げ出していれば。自分があのまま殺されていれば。

後悔と悲しみに泣きじゃくりながら、雪花は地面にうずくまる。

「雪花、大丈夫……大丈夫ですから」

その小さな背を撫でたのは、他の誰でもない蓮の手だった。震える雪花の身体を温めるように撫で、地面に擦りつけている頬を上げさせる。

「蓮さまっ……」

「服と肩をわずかに切っただけです。大事ありません。だから、泣かないでください」

「でも、でも……」

「あなたはなにも悪くない。あなたは巻き込まれただけだ。泣かないで」

「う、ううう……‼」

涙で滲んだ視界で見上げた蓮は、雪花を落ち着かせるために優しく笑っている。

申し訳ないのに嬉しくて、自分が情けなくて。

抱き起こしてくれた蓮の腕にもたれるようにして、雪花は泣き続けた。

そのまま気を失いかけたが、小鈴や蓮に連れられてなんとか部屋まで戻った。

蓮の肩を傷つけた刃は地面に刺さったままだが、むしろそうしておけば呪いが抜けやすいのだ、と蓮はあっさり言ったきり、見向きもしない。

部屋の中はひどい有り様だったが、しっかり温められていたおかげで、冷えた身体には心地よく感じる。寝台に寝かせてもらいながらも、雪花はひたすら蓮の傷を心配し、瞳に涙を溜めていた。

「蓮さま、私……なんてことを」

「落ち着いてください、雪花。あれにかけられた呪いに気がつかなかった俺の落ち度です。巧妙に隠されていた」

だからもう眠りなさいと言って蓮が何度か頭を撫でると、あんなに気持ちが昂っていたのが嘘のように眠気が襲ってくる。

雪花は御簾を下ろして去っていく蓮の背を見つめながら、涙で濡れた瞼を閉じたのだった。

＊＊＊

冷たい小さななにかが瞼を撫でる。その感触に目を開けると、顔を覗きこんでいた小鈴と目があった。

汗を拭ってくれたのだろう。小さなその手には手巾が握られている。

「小鈴……？」

「雪花！　よかった、よかったよぉ」

小さな顔がくしゃりと歪んで、錫色の瞳が今にも泣きそうに揺れる。

精霊は涙を流さない。だが、その瞳の揺らぎに、小鈴がどれほど自分を案じてくれているのかを理解して、雪花はつられるように顔を歪めた。

手を伸ばし、小鈴をそっと抱きしめる。ぬくもりはなくとも柔らかくて小さな身体の感触に、心が癒やされていく。

支えてもらいながら起き上がると、ひどく身体が痛い。

関節のあちこちが軋んでいるようで、身体を起こすだけで息が上がってしまった。

部屋の中はすっかり片づけられており、窓の外から差し込む光は柔らかく、今が朝であることがわかった。

「私、あれからずっと寝ていたの？」

「二日も寝てたんだよ！」

「ええ？」

どうりで身体が痛いはずだと納得しながら、雪花は腕や肩を撫でさする。

小鈴は心配しきった顔で、水や食事を甲斐甲斐しく運んでは雪花の世話を焼いた。

靴まで履かせてくれそうになったときは、さすがに苦笑いして自分でできると小鈴を止めたくらいだ。

身体を清めてもらって新しい服に着替えると、少しだけ気分が軽くなる。長く眠っていたせいで身体と気持ちが少しずれているような感覚ではあったが、小鈴が手を引いてくれれば歩くこともできた。どうやら問題ないようだと安堵の息を吐きだす。

蓮はどうしているだろうと口を開きかけた、そのときだった。

「雪花！」

驚くほどの勢いで蓮が部屋に駆け込んできた。乱暴に開かれた扉が変な音を立てたので、壊れていないか心配になったくらいだ。

走って来たのか、わずかに息を切らせたその顔を見た瞬間、雪花はおぼつかない足取りのまま蓮のほうへ駆け寄った。

「蓮さま……！」

「ああ、よかった」

蓮もまた雪花へ駆け寄り、その手を取る。

新しい着物を着ているため、肩の怪我がどんな具合かはわからないが、顔色を見るかぎり大事はないようで安心する。

雪花の視線と表情でその思いが伝わったのか、蓮は困ったものを見るかのように眉根を寄せて、首を傾げたのだった。

それから用意してもらったお茶を飲みながら、なにが起きたのかを聞いた。

雪花が蓮を切りつけてしまったあの刃には、やはり古く強力な呪いがかけられていたらしい。飾り柄で刃を隠し、筆を装った暗器が奪った命は数知れず。それによって刃は邪(よこしま)で歪(いびつ)な魂を持ってしまった。

長く封印されていたせいで、刃に宿った精霊は正気ではなかったそうだ。刃には厳重に封じをかけて保管したので、もう人を傷つけることはないと教えられ、雪花は安心した。

「あのとき……あの刀の感情が私に流れ込んできました……」

目の前にいる誰かを切り刻むことだけを求める真っ黒な欲求。あのとき、雪花は自分までもが真っ黒に染まったような気持ちになった。結果として蓮を傷つけたことは、いまだに雪花の心を苛んでいる。

「魂の力が強い道具は、時に人を操ります。それに、あれには少し厄介な呪いが重ねがけされていました」

「厄介な呪い？」

「ええ。人に人を襲わせる呪いです」

冷や水を浴びせられたように、全身が冷えていくのを感じた。あの刃を見た瞬間、腕から先が自分の意思を無視して動くようになったのを思い出す。

呪いだったと教えられ、ようやく納得できた。でなければ、あんなことはできない。

心と身体を切り離され、必死に抗っても動きを止めることができなかった恐怖が蘇り、雪花は両手を握りしめた。

「安心してください。効果はあの刀に触れている間だけだったようです。もうあなたに影響はないはずだ」

「どうして、そんな恐ろしいものを……」

その問いに蓮は眉根を寄せ、言葉を選ぶように何度か唇を開閉させる。

「……かなり限定的な呪いでした。最初にあの刀を引き抜いた者に、目の前にいる男を襲わせるように仕組まれていた痕跡があります。おそらく、あなたがあの筆を手に取ること考えられて作られたのでしょう」

「な……それではまるで……」

「ええ、術をかけさせた者の狙いは、どうやら俺のようだ」

ぐらりと己の視界が揺れたのがわかった。実際、倒れかかったのだろう。蓮が手を伸ばして雪花の身体を支えてくれた。

優しい匂いのする蓮の身体に抱きしめられて一瞬熱が上がるが、それ以上に告げられたことの重大さに眩暈が治まらない。

自らに贈られた品にこめられたおぞましい呪い。

夫殺しなどすれば、たとえ皇帝の妹であっても、逃れられない大罪となる。

それがいったい誰の手によるものなのか、考えなくてもわかった。

異母兄がそこまで自分を疎み憎んでいたという事実に震えが止まらず、蓮を巻き込んでしまった申し訳なさに死んでしまいたくなる。

「ごめんなさいごめんなさい……私のせいで蓮さまを‼」

「あなたは悪くない、なにも悪くないんです」

震える雪花の身体を、蓮は壊れ物を扱うかのように優しく抱きしめる。

許されないと思いつつも、雪花は蓮にしがみつかずにはいられなかった。

とめどなく涙を流しながら、蓮の胸に額を押しつけ、どうしてと慟哭した。

凍える雪花の心ごと温めるように、蓮の手はその背を優しく撫で続ける。

与えられるぬくもりにようやく泣き声を止めた雪花は、蓮の身体にすがるように身を寄せた。

「雪花」

声と身体をあからさまにこわばらせた蓮が、腕の中の雪花を逃がすように両肩を掴んで引き離そうとする。

だが雪花は蓮にしがみついた腕を解きたがらず、幼子のように首を振った。

「今だけ……今だけですから……どうか」

ひどくはしたないことをしているのはわかっていた。

それでも雪花は蓮から離れたくなかった。これが最後の抱擁だと覚悟していたからこそ、今この手を離したくなかった。蓮の着物に皺が残るかもしれないと思いながらも、指に力をこめて身体を寄せる。

何枚もの布越しでも感じる蓮の体温だけが、今の雪花にとって必要なものだった。

「ああ……どうしてあなたはいつも俺を困らせるんだ」

「ごめんなさい、でも、私」

「謝らないでくれ。そうじゃない、これは俺の問題で……ああ、くそ……」

唸るように呟いたあと、雪花を引き離そうとしていた蓮の腕が、今度は逆に雪花の身体をきつく抱きしめてきた。

たくましい腕が背中に回り、腕の中にしっかりと抱きとめられれば、もう我慢できなかった。甘えるように頬を擦りつけ、自分の身体を必死に擦りつける。

「蓮さま、お慕いしております。この気持ちはご迷惑でしかないとわかっていても止められないほどに、私はあなたをお慕いしております」

雪花は震える声で必死に想いを口にした。今伝えておかなければ、生涯悔やむとわかっていたから。

「これ以上あなたにご迷惑をかけるわけにはいきません。私は兄の願いどおり、ここを離れます。どうか、私という憐れな女がいたことだけは、覚えていてください」

瑠親王の恐ろしい計略に蓮を巻き込みたくなかった。

雪花に罪を着せ、貶め、操ろうとしている存在から蓮を遠ざけたい。

そのためにはここを離れるのが一番いいだろう。自分が表向きに死んでしまえば、もう手は出せないはずだ。

「あなたは優しく素晴らしい人です。どうか幸せになってください。私の最後の願いです」

自分と同じように、いつか蓮の人柄や立場をすべて受け止められる人は必ず現れるだろう。その人と幸せになり、この焔家を繋いでほしい。

優しい精霊たちを守ってほしい。蓮に誰かと生きる幸せを感じてほしい。

途切れ途切れに伝えながら、雪花は涙をこらえきれなくなっていく。

その相手が自分ではないことが苦しくてたまらなかった。それでもそう願いたくなるほど、雪花は蓮やこの焔家にいる精霊たちを愛していた。

「だから……」

「なぜ、そんな残酷なことを口にするんだ‼」

「……蓮さま？」

雪花を抱きしめたままの蓮が、かすれた声で叫んだ。はじめて聞く蓮の声に驚いて、雪花は涙を流しながら、顔を上げる。

「俺がどんな思いであなたを抱きしめていると……？　あなたが目覚めぬ間、どんな気持ちでいたかを知っているのか！」

蓮の瞳には涙が滲(にじ)んでいた。美しい黒曜石の瞳が潤(うる)み、苦しげに寄せられた眉根には深い皺が刻まれていた。その顔は痛みをこらえる子どものようで、雪花はたまらず蓮の頬に両手を伸ばす。触れた頬は熱いのに、凍えているかのように震えている。

「どうして離せるというのでしょう。もう俺はあなたなしでは生きられない。いっときだけの約束だとどれだけ自分に言い聞かせてもだめだった。日に日にあなたを想う気持ちばかりが増して、兄と思えと言った己を何度呪ったかわからない」

紡がれる言葉の意味がわからず、雪花は何度も瞬く。

まっすぐな視線にこめられた想いが信じられない。それなのに、疑う余地などなくて。

「愛しています、雪花。預かりものだと、妹だと思い込もうとしても止められないほど、俺はあなたを愛している」

蓮の腕が雪花の背を撫で、優しいのに強引な動きでさらに引き寄せた。

隙間がないほどに抱きしめられ、恥ずかしくてたまらないのに、雪花は蓮の顔から目を逸らせない。

「蓮さま……」

「俺から離れないでくれ雪花。どこにも行くな。あなたは俺が必ず守る。だから……」

「離れるものですか‼」

蓮が言い終わるよりも先に、雪花は叫ぶように声を上げていた。蓮の頬を撫でていた腕をその首に回し、必死にしがみつく。

悲しみや苦しみではない涙で頬を濡らしながら、愛しい人の身体にすがりつき、雪花は何度も蓮の名前を呼んだ。

蓮もまた、雪花の名前を何度も呼び、二人はそのままもつれ合うようにして、寝台へと向かった。

素肌を許した恥ずかしさやはじめての痛み以上に、雪花はその相手が蓮であった幸せを噛みしめるように涙を流す。

蓮はそんな雪花をずっと気遣いながらも、真綿で包むような愛を注ぎ、死がお互いを分かつまでの真情を誓う言葉を何度も口にした。

温かな寝所で肌を寄せ合いながら、甘い痛みの余韻に気だるげな表情を浮かべていた雪花は、労わるように優しく髪を撫でてくれる蓮の顔をぼんやりと見上げた。

「これで、あなたは紛れもなく俺の妻だ。偽りの嫁入りなどとは言わせません」

「蓮さま……」

「蓮、と呼ぶように言ったでしょう？　俺たちはもう夫婦であり、対等です。歳など関係ない」

「……はい」

再び溢れそうになる涙を誤魔化すように何度か瞬いてから、雪花は蓮の腕に甘えるようにもたれかかる。

「利普に殺されるかもしれない」

「お兄さまに？」

「あなたを預かると約束したときに誓わされました。決して手を出さないと」

「まあ、そんなことを？」

　驚いて雪花が身体を起こすと、蓮は苦笑いしながらその身体を再び引き寄せて腕に抱いた。

「利普……陛下にとって雪花は、ご自身が思っている以上に大切な存在なんです。他所へ逃がすための新しい身分だってとっくに用意されている。だが俺は、あなたが出ていくのが嫌で、それを隠してここに留め置いた悪い男なのです」

「蓮……あの、いつから……その、私を？」

　恥ずかしそうにしながらも、ずっと聞きたかったことを雪花が問うと、蓮は困ったな、と首を傾げる。解かれた髪がさらさらと落ちて、雪花の頬をくすぐった。

「……最初にお会いしたときは、可愛らしいお嬢さんだとしか思っていませんでした。ですが、ここで日々を噛みしめるように楽しむ姿が眩しくてたまらなかった。恨みごとひとつ言わず、精霊たちを恐れず、俺に純真な笑みを向けてくれる雪花をどうして好きにならずにいられるでしょう。ここにいたいと言ってくれたときには、もうたまらないほど惹かれていた。焔家に生まれたことを呪い、生涯を孤独に生きるつもりだった俺の意地を、雪花は簡単に解いてしまった」

蓮の部屋を訪ね、ここに置いてほしいと懇願した夜を思い出し、あんなに前から、と雪花は目を丸くする。

「ですが、陛下との約束やあなたの幸せを思えば、手放さなければならないと覚悟していたんです。だが、やはり無理だ。もう絶対に離したくない」

「あ……」

髪を撫でていた蓮の手が肌に降りたのを感じて、雪花は戸惑った声を上げる。

「大切にします。これからなにがあろうとも、あなたを守ってみせる。だから、俺の妻として生涯を生きてほしい」

「……誓います。私も、蓮の妹であろうと覚悟していたはずなのに、だめでした。ずっとあなたに触れてほしかった……」

淫らな娘でごめんなさいと、か細い声で囀った雪花に、蓮は喉を鳴らす。

「俺のほうこそ獰猛な本性であなたを暴いてしまったことを謝らなければならない。だが、もう覚悟は決まった。あなたも覚悟してくれ。俺は二度と雪花を離さない。俺の妻となった雪花を必ず守る。だから」

もう一度、という言葉は、雪花が自ら押しつけた唇によって塞がれたのだった。

＊＊＊

翌朝。

昼過ぎに起き出した雪花を小鈴や他の精霊たちはとても大切に扱い、焔家を繋ぐ嫁が来たと盛大に祝ってくれた。

逃げ出したくなるほどの恥ずかしさを感じながらも、隣で心から嬉しそうに微笑む蓮の顔を見ると、足が浮きそうな幸せに囚われてしまう。

その日は、はりきった包丁や水瓶の手による豪華な料理と琥珀たちの奏でる音楽に彩られた、二人の祝言となった。

嫁入りの日にしまわれたままの深紅の花嫁衣裳に袖(そで)を通し、蓮と並んで精霊たちからの祝辞を受けた雪花は、花のような笑みで応える。

「私……今日が人生で一番幸せな日かもしれません」

「いいえ。これから俺があなたを幸せにし続けます」

「蓮……」

「でも、ひとつだけ願いを聞いてくれますか？」

「願い、ですか？」

「ええ。陛下にあなたとの結婚を願う勇気をください」

「まあ」

本気で情けない顔をしている蓮に、雪花は肩を揺らして笑った。

言われるでもなく、雪花は自分で利普に手紙を書くつもりでいた。

これまで麗貴妃や瑠親王に虐げられても、それを訴えたことはなかった。困らせたくなかったからだ。

だが、今回のことは度が過ぎた。

もしひとつ間違えていれば、雪花は蓮の命を奪っていた。

そんなことになれば雪花は生きてはいられない。おそらく同じ刃で己の首をかき切っていただろう。

「お兄さまはきっとわかってくださいます。私の幸せを願ってくれているのですから」

利普は雪花を自由にすることこそが一番の幸せだと信じているのだろう。

だが、自分が真に求めていたのは人のぬくもりだと、蓮と夫婦になったことで雪花はようやくそれを自覚した。

母を失ったあの日から、雪花はずっと孤独だった。心が死んでしまったと思い込んでいた。月花宮で一人、朽ちていくことしかできないと思っていた。

でも今は、蓮というかけがえのない人に出会い、愛し愛される喜びを知ってしまったのだから、もう自由になどなれない。

「今回のことは私からきちんと陛下にお伝えします。もう二度と、蓮を害させたりなどしません」

「……まったく、俺が守ると言ったのに、ずいぶんと強くなってしまわれた」

「蓮のおかげです。私はあなたに出会って生き返ることができた」

そう。大切な人がいるというのは心を強くする。

雪花は自分に起きた変化を深く噛みしめながら蓮の手をそっと握り、指を絡めた。

蓮もまた凛々しい顔のままに深く頷く。

「君に生きる道をもらった。これからは雪花と焔家のために生きたい」

見つめあう二人に精霊たちは喜び、宴の時間は過ぎていく。

日暮れが近づいてもその熱が冷めることはなく、こういうところは人間の祝言とさほど変わらぬものだと思いながら、雪花はさすがに疲れを隠せずあくびを噛み殺す。

それに気がついた蓮が、いたわるようにその肩を叩いた。

「俺はもう少し付き合いますが、雪花はもう休んでください。小鈴、案内を」

「はーい！」

蓮に呼ばれ、小鈴が舞の輪から離れて雪花に駆け寄ってくる。

熱を帯びた指先に小鈴の冷たい手は心地よく、雪花はその気遣いに素直に感謝して席を立った。

「ごめんね小鈴、楽しんでいたのに」

「ううん、気にしないで。みんな嬉しいから止まらないだけだよ。雪花と蓮さまが幸せそうで、小鈴もとっても幸せ」

「小鈴」

「ずっとここにいてね。ずっと元気でいてね。蓮さまの傍にいてあげてね」

「もちろんよ。ずっといるわ」

小鈴の小さな手をぎゅっと握りしめ、雪花は微笑んだ。

これから先、解決しなければならないことはたくさんあるだろう。

まずは正式な結婚の許しを得ること。

そして瑠親王が起こした騒ぎの始末をつけなければならない。

雪花を狙っていることや、呪いを使って焔家の当主である蓮に危害を加えた事実をどうやって証明すればいいのかはまだわからないが、蓮がいればきっと大丈夫だ。

そう思いながら部屋に向かっていると、裏庭のほうからなにかが弾けるような音が聞こえた。

小鈴と二人顔を見あわせ、なにごとかと首を傾げる。

「誰かのいたずらかしら」

「でも動ける連中はみんな宴に参加してるよ？　もしかしたら動けない誰かが文句を言ってるのかな」

小鈴も焔家にある道具すべてを把握しているわけではないらしく、見当がつかないようだ。

まだ自力で動けない精霊が裏庭で騒いでいるのかもと考えれば、そうかもしれないと二人は並んでそちらに足を向けた。

しかし裏庭にはなにもない。

がらんとした空間が広がっているだけで、見えるのは裏門だけ。

だが、その裏門がわずかに開いていた。

「なんで、なんで開いてるの……？」

驚きを隠さぬ声で小鈴が呟く。

同時に、風もないのに門がゆっくりと開いて、雪花はひしと小鈴の手を握りしめた。

黒い影がゆらりと揺れて、門の隙間から屋敷の中に入り込んできた。

ひとつではない、二つ三つと増えたその影が黒装束の人間だと気がついたときには、雪花は刺激臭のする布を顔に押しつけられていた。

小鈴が叫び、雪花の手を必死に握る。

この手だけは離してはならないという雪花の想いが伝わったのか、つないだ手が金属に代わっていくのを感じた。

鈴に転じた小鈴が手のひらに収まるのと同時に、雪花は深い闇へ意識を手放した。

七章　公主の嫁入り

冷たくて硬い感触に、沈んでいた意識が浮き上がる。

ひどく重たい瞼（まぶた）を持ち上げてみるが、明かりがないのか周りのようすも確認できず、雪花はとにかく起き上がろうと身をよじった。

だが、まるで身体が言うことを聞かず、鉛（なまり）にでもなったように重い。

何度か身じろぎしてみて、雪花は今の自分の状態をようやく把握できた。

（縛られている……口も……塞がれているのね）

自由にならない手足と、叫べぬように噛まされた布。横たえられているのは屋外ではないようだが、冷たい石床であるが故に体温がどんどん奪われていくのを感じる。

どれほど意識を失っていたのかわからないが、まだ夜は明けていないような気がするので、それほど長い間ではないだろう。

そこまで考えて、ようやくぼんやりとしていた意識がはっきりしてくる。

（いったい誰がこんなことを）

唯一自由になる手のひらを握りしめると、そこには小さな塊の感触があった。それが控えめな音を響かせたことで、雪花は気を失う寸前に小鈴を握りしめていたことをようやく思い出した。

あのとき、裏門から侵入してきた集団によって雪花は意識を失い、そのままかどわかされたのだろう。

「ん、んんー!!」

くぐもった声を上げると、小鈴が応えるように音を鳴らした。だが、いつものように喋りかけてはくれない。

(いったいのどうしたの……? もしかして、ここが焔家ではないから?)

精霊たちのほとんどは、焔家にある龍の加護により力を増していると聞かされたことを思い出す。小鈴が自分の力では人間に転じることができないことを考えれば、精霊としての力はまだ弱いのかもしれない。

焔家以外では喋れないとしても不思議ではないだろう。

無事だと伝える代わりに強く小鈴を握りしめると、小鈴はどこか嬉しそうに小刻みに音を鳴らしてくれた。

会話ができなくても、手のひらに小鈴がいることに雪花は救われる気持ちだった。

(とにかく逃げないと。でも、どうしたら)

縛られて身体の自由を奪われている以上、今の雪花にはなにもできない。せめてここがどこか知りたいと自由になる首を動かし、薄暗い周囲を見回した。

最初は気がつかなかったが、今自分は磨き上げられた石床と繊細な細工が施された壁に囲まれた部屋の中にいることがわかった。なにもないわけではなく、それなりに質の良い机や椅子も並んでおり、高貴な人間が使う部屋だとわかる。

（この匂い……どこかで）

雪花の鼻をある香りが撫（な）でた。既視感と同時に嫌悪感がこみ上げてくる。

「……‼」

忘れるはずはない。幼いころから、この香りは雪花にとって恐怖の象徴だった。そしてつい先日も嗅いだ香り。

心臓が痛いほど脈打ち、冷や汗が噴き出す。一刻も早くここから逃げなければと、雪花は必死に身体を動かす。

だがそんな抗いもむなしく、どこか軽やかな複数の足音が近づいてきた。扉の開く音と同時に空気が動き、明かりが視界に入り込む。

「おや、もう起きていたのか」

行燈を手に持った瑠親王が、歪（いびつ）な笑みを浮かべて雪花を見下ろしていた。その背後には、雪花が焔家で出くわした黒装束の男たちが数名控えている。

塞がれた口の中で雪花は息を呑み、異母兄をまっすぐに睨（にら）みつけた。

「ずいぶんと怖い顔ができるようになったじゃないか。以前は俺の顔を見ることもできなかったくせに。結婚すると女は変わるというが、本当だな」

喉の奥を震わせて厭らしい笑みを零しながら、瑠親王は床に倒れたままの雪花の前にしゃがみ、行燈で顔を照らしてくる。

「ほんの数ヶ月外で暮らしただけで、小綺麗になったものだ。肉付きもよくなって女らしさが増したじゃないか」

大きな手が伸びて雪花の頬を撫でた。高貴な人間らしいなめらかなその感触に、雪花はくぐもった悲鳴を上げて身をよじる。その抵抗を楽しむように、瑠親王は雪花の髪に指を滑らせた。

「そう嫌がるな。さすがの俺でも身内に手を出す趣味はない。下手にお前に構えば、母上が癇癪を起こすからな」

笑いながら雪花から離れて立ち上がった瑠親王は、まるで吟味するように雪花の全身を眺めた。芸術家を気取ったかのように顎に手を当て、一人満足げに頷くようすに、雪花は言いしれぬ恐怖を感じた。なにを考えているのかまったくわからない。

「どうして、と言いたげだな」

「！」

考えを読んだような言葉遣いに、雪花は目を見開く。瑠親王は楽しげに笑いながら、再び雪花に顔を近づけた。

「なにも知らぬままというのもおもしろそうだが、今のお前には話してやったほうが楽しいことになりそうだから、教えてやろう」

行燈を床に置き、瑠親王は雪花の身体を引き起こすと壁にもたれかからせるように座らせる。そして行燈を机に置き、雪花の前まで椅子を引きずってくると、優雅な仕草でゆっくりと腰を降ろした。雪花を見下ろす視線には歪んだ愉悦が滲んでいる。

「お前はこれから蛮族の長への貢ぎ物となる」

「んんんっ‼」

ばかな、と叫んだ言葉は布に阻まれ、くぐもった音にしかならなかった。

雪花の反応がお気に召したのか、瑠親王は言葉を続ける。

「無能な兄上はわかろうとしないが、蛮族どもは扱い方を間違えなければ便利な存在だ。ある程度の小競り合いは金を生む。多少の蛮行に目をつむれば、商売相手として悪くない。兄上のような綺麗ごとの政策ではお互い不利益を生むだけだというのに」

雪花は、焔家の龍亘堂で読んだ書物の内容を思い出していた。

北東を支配する蛮族たちが治める大地は、斜面と岩だらけの痩せた土地だ。故に彼らは長い間、宗国の領土を奪い取ろうと狙い続けており、この数百年で関係は悪化の一途をたどっている。

先帝の代では伶家が蛮族との交渉を一手に引き受けたことで、進軍は先の世に比べれば酷くはなかった。

だが、その実際は伶家が金で蛮族と取り引きをして、彼らが望むものを与えていたから静かにしていたに過ぎない。その代わりに、伶家は蛮族から彼らの土地で採れる岩塩を仕入れ、財を増やし続けていた。

普剣帝の世になったのをきっかけに、宗国は蛮族に明確な交易を申し出たのだ。岩塩と引き換えにこちらで採れる作物を渡し、今後争いが起きないようにと働きかけた。だが、強硬派の多い蛮族との交渉は難航しており、今でも小競り合いは絶えない。

「今の長は話がわかる男でね。いけ好かない宗国の普剣帝が掌中の珠として可愛がっている公主を差し出せば、次の戦場で必ず兄上の首を取ってくれると約束した」

「……‼」

「それだけじゃあない。俺が即位する手助けをしてくれるとも言っている。兄上が提示している条件よりいささか分が悪いが、決して悪い話じゃない。俺が皇帝となり、蛮族との争いを治めたとなれば、歴史に残る賢帝と呼ばれるだろうさ。お前はその礎になれるのだ。光栄だろう？」

「〜〜〜‼」

雪花はもがくことしかできなかった。なんとおぞましく恐ろしい話だろうと。

悦に入ったように語る瑠親王の表情はすでに雪花を見ていない。皇帝になった自分を思い描いているのか、不気味な笑みを浮かべ、己の頬をかいていた。

「本来ならばお前が夫を殺したところで連れ去るつもりだったが、さすがは道士といったところだな。あの呪いがきかないとは。以前はうまくいったのに」

「……？」

「ほら、お前の母親が死んだ騒ぎがあっただろう？　あのときにあの料理人が持っていた刀にも似たような呪いがかけてあったのだ。柄を握れば殺意が膨れ上がり、憎い相手を切り殺したくなるような呪いがなぁ」

唇の両端を吊り上げて笑う瑠親王は、人間とは思えないほどに醜悪だった。

雪花の脳裏に、あの日の惨劇が鮮明に蘇る。

何度も何度も悪夢に見た光景だ。

返り血を浴びた料理人。雪の中で動かなくなっていく母。雪花の心が凍りついたあの日。

「本来なら父上を切ってもらうはずだったのに失敗だった。まさか俺を狙うなんてと母上も嘆いていたよ。呪いは便利だが、ときおり暴走するのがよくない。兄上の命もいまだに奪えておらぬのがもどかしいほどだ」

うっとりと語る瑠親王の瞳には、おぞましい光が宿っていた。

蛮族の術士が仕込んだ呪いを使い、先帝の命を奪おうとしていた麗貴妃たち。利普も何度も狙われたのだろう。あの日、雪花の腕輪にこめられた呪いも、間違いなく故意だったのだとわかる。

きっと、他にもたくさんの血が流れたに違いない。

こみ上げてくる憤りに、胸がつぶれそうになる。

「まあ、あのときにお前の母を葬れたのは僥倖だった」

「……‼　……‼」

母の名前を出され、雪花はこらえきれずに悲鳴を上げた。

口を塞がれているせいでくぐもった音にしかならない怒りの声に、瑠親王は嬉しそうに肩を揺らした。

「不思議か？　ふふ……そのようすでは本当に知らないのだな、お前は」

驚愕に目を見開く雪花を見つめる瑠親王の表情が、愉悦に満ちたものから一変して凍てつくような鋭さを帯びた。

「お前は自分を先帝の娘だと思っているが、それは間違いだ。お前は紛れもなく、今世の公主なのだよ」

「……？」

「わからんか？　なぜ兄上がお前を大事にしていたか。山のようにいた父上の妃(きさき)の中で、なぜ、お前たち親子にだけ情をかけていたかを」

なにを言われているのかわからず、雪花は何度も目を瞬いた。

思い出すのは、幼いころからいつも気にかけてくれていた優しい兄の顔だ。母も兄が訪ねてくるときだけは嬉しそうに笑っていた。

三人で過ごした時間だけが、雪花にとって月花宮で間違いなく幸せだと信じられた。それは利普の優しさ故ではなかったのだろうか。

「教えてやろう。お前の母は母上の女官でありながら、皇子だった兄上と通じていた毒婦だ。母上はそれを知って、酒に酔った父上にお前の母を差し出したのだ。目障りな兄上からお気に入りの女を奪ってやろうとな」

頭を殴られたような衝撃に雪花は叫ぶことも忘れて固まった。

母と兄が通じていたなど、信じられるわけがない。

兄が月花宮を訪ねてきても二人が一緒の時間を過ごしていたのは、ほんのわずかな時間だけだ。優しく穏やかな空気だけが二人の間にあった。

「不運にもお前が生まれたことを、母上は嘆いていたよ。だが同時に、疑問にも思っていた。父上がお前の母に手を出したのは夏入りの時期だ。だがお前が生まれたのは初雪のころ。あまりに早いとは思わないか？」

ひどい頭痛でものが考えられない。それでも耳を塞げない以上、雪花は瑠親王の言葉を聞き続けるしかなかった。

「母上がお前の出自を確信したのはお前の母が死んだときさ。まだ料理人の拘束が完全ではないにもかかわらず、兄上は血まみれのお前を抱き上げた。死んだ女を見て泣きそうに顔を歪めたのを俺も見ていたよ。あれはいい顔だった」

ぽろり、と雪花の瞳から涙が溢れた。

欠けていた記憶が一気に蘇る。

母の身体の前で泣くこともできずに座り込んでいた雪花を抱き上げ、名を呼んでくれたのは、利普だ。

痛いほどに抱きすくめられ、走って逃げてくれた。

そのとき、雪花は確かに聞いた。

涙で震える声で、母の名を何度も呼んだ利普の声を。

その声に滲んでいたのは紛れもなく恋情だと今の雪花にならわかる。

苦しくて切なくて悲しくて。

名前を呼ぶことしかできないもどかしさに満ちた声。

ああ、だから忘れていたのかと雪花は理解した。幼心にこれは覚えていてはいけない記憶だと自分で蓋をしたのだ。

「なんと情けなく卑怯な男だろうね兄上は。惚れた女を寝取られて殺されておきながら、娘に父と名乗ることもしない。そんな男が皇帝だなんて、笑えるとは思わないか？」

ゆったりとした動作で立ち上がった瑠親王は雪花の真正面に立つと、心から嬉しくてたまらないという表情を浮かべた。

「お前を奪われたと知れば兄上は冷静さを欠くだろう。蛮族の慰み者になるお前を取り戻すために無茶をするはずだ。ならば、首を取るなどたやすい。そうすれば俺の天下さ！」

狂ったように笑い続ける瑠親王に、雪花は生まれてはじめて心からの憎しみを感じていた。

叶うならばその首を噛み切ってやりたいと思うほどの衝動が全身を貫く。真実と怒りと悲しみに打ちのめされた心が真っ黒に染まっていく。

（ゆるさない……‼）

理性が壊れかけたそのとき、涼やかな鈴の音が雪花の鼓膜を震わせた。

何度も何度も繰り返し鳴るその音は、必死に雪花を落ち着かせようとしている。

手のひらで震えるその存在に、黒に染まりかけた心の波が、ゆっくりと治まっていく気がした。

（小鈴）

小鈴や蓮が、人を恨まない自分を好きだと言ってくれたことを思い出す。

麗貴妃や瑠親王の行いは到底許せるものではない。

母と父の未来を狂わせ、自分を踏みつけにした彼らに慈悲を持つなど不可能だ。

だが。

（ここで私が復讐に燃えることを、きっと誰も望まない）

怒りに染まりそうになった心を宥めたのは、手のひらで震える小鈴の音色だ。

雪花にだけ聞こえるように小さく震え続け、ここにいると訴える小さな味方。

ひんやりとしたその感触が、怒りの衝動で燃えあがりそうな熱を奪ってくれる。

焔家に嫁いでからの日々が脳裏に鮮やかに思い出される。

優しい出会い。静かな暮らし。学ぶ楽しさ。自由の素晴らしさ。優しい精霊たち。

愛する喜びと、愛される幸せ。

（蓮、あなたが私を変えてくれた）

優しく抱いてくれた腕のたくましさを思い出すだけで、折れそうだった気持ちが持ち直していくのがわかる。

幸せになると決めたのだ。

今ここで自分が復讐の鬼になれば、すべてが台無しになってしまう。

これまでずっと守って愛してくれた利普の情すら裏切ってしまうことになる。

それがどれほどの不義理かを、今の雪花は痛いほど理解できた。

大丈夫だと言い聞かせるように、しっかりと小鈴を握りしめる。

自分の思い描く未来に酔いしれている瑠親王は、雪花の表情が変わったことなど気がついていないのだろう。

ひとしきり笑ったあと、はぁと気だるげな吐息を零し、緩慢な動きで再び椅子に腰かけて雪花を見下ろした。

その瞳にはなんの感情も宿ってはいない。虚ろな瞳が虚空を見つめていた。

雪花はその顔をじっと見つめた。

「なんだその目は」

「……」

「ああ、そうか。そのままでは喋れんか」

忘れていたとばかりに、瑠親王が雪花の口を覆っていた布を外す。

「……どうして皇帝になりたいのですか」

気がついたときには自然と問いかけていた。

問われたことが不思議だったのだろう、瑠親王は眉を上げて雪花に虚ろな視線を向けてくる。

「そんなもの、決まっているだろう。母上が望むからだ。母上は佾家のため、皇后になることだけを目標に生きてこられた。それなのに、あの憎らしい皇后を蹴落とすことだけはどうしてもできず、母上はいつも悔しがっていたよ。だが俺が皇帝になれば、母上を皇太后にしてさしあげられる」

そう語る瑠親王の表情はまるで少年のように晴れやかだった。

それが自分の役目だと信じて疑わぬ態度に、雪花は彼もまた、後宮という恐ろしい場所で犠牲になった存在なのかもと気がつく。

権力と虚栄に塗れた後宮では、子どもさえも道具でしかない。

麗貴妃によって皇帝になることだけを役目と思いこまされ育った瑠親王は、とうに壊れてしまっているのかもしれない。だが。

「……そんなことのために、陛下の命を狙うのですか！」

「そんなことだと？」

雪花の言葉にその表情が一変する。

怒りに塗れた顔と動作で荒々しく立ち上がったせいで椅子が倒れ、乾いた音が室内に響いた。

「そんなことだと？　母上の唯一の願いをそんなことだと？　母上がどれほど苦しんだか知っているのか？　皇后にもなれず、子を失い、愛する男を卑(いや)しい女どもに奪われ続けた母上の悔しさがお前にわかるのか！」

「だとしても他の誰かを傷つけていい理由にはならないわ‼　私の母はどうなるのです！　愛した人と引き離され、命を奪われ……！」

「それはお前の母親が弱いからだ。弱いから死んだ、それだけのことだ。そしてお前もまた弱いからこうやって俺に囚われ、道具にされる」

「……‼」

「兄上がお前を降嫁(こうか)させたのは逃がすためだと、母上はすぐに気がついたのさ。あの焔蓮という男は結婚する気がないと公言していたからな。いずれはお前を他所に逃がすと思っていたが、いつまで経ってもその気配がない。とうとう蛮族の長(おさ)が痺れをきらした。早く娘を寄こせ、とな」

大きな手が雪花の顎を掴み無理矢理に上向かせた。息がかかるほどに近づいた顔は、怒りと興奮で赤らんでいる。

「だから以前と同じ呪いを伶家の道士にかけさせ、お前に贈ったのだ。お前が夫を殺せば、それを理由にお前を手駒にできるからな。まさか失敗するとは思わなかったが」

「なんておぞましい……！」

「ハッ、なんとでも言え。だが焔蓮とて同じ外道さ。呪詛を跳ね返された伶家の道士は、もう使い物にならなくなったと聞いているぞ？」

「――え？」

「なんだ、知らなかったのか？　あの呪いは特殊でな、目的を果たすまで解けるはずがなかったのだ。だがお前も無事で焔蓮も無事……あの男は呪いを術者に還したのさ。お前のためにな」

「な……」

零れんばかりに目を見開いた雪花の表情に、瑠親王は唇を嬉しそうに歪める。

蓮が自分のせいで誰かに危害を加えたという事実に、雪花は胃の腑がずんと重たくなるのを感じた。

なぜあの日、雪花は二日も眠っていたのか。雪花が眠っていたのは呪いの反動だと蓮は言っていた。その反動が、雪花にかけられた呪いを術者に還したが故に起きたものだとしたら。

自分のせいで蓮の手を汚してしまった。考えるだけで恐ろしくて悲しく、申し訳なくなる。

優しく自分を守り、慈しみ、愛してくれた蓮を咎人にしてしまった。自分さえ蓮に関わらなければこんなことにはならなかったのに。

「まあ焔蓮はお前をおめおめ奪われた罪に問われるだろうよ。建前上とはいえ、お前は先帝の娘。守りきれなかったとなれば、よくて流刑、または処刑……残念だなあ雪花。それもこれも全部お前が弱いからだ。恨むのなら、弱いくせにお前を産んだ母親と、お前を守りきれなかった兄上を恨むのだな」

「この……外道！」

「なんとでも言え。さて、そろそろ迎えが来るぞ……と、噂をすれば、だ」

俄かに部屋の外が騒がしくなった。複数の人間の気配といくつもの明かりが、扉越しに見える。

「せいぜい可愛がってもらうといい、雪花。蛮族の長は、お前の姿絵をずいぶんと気に入っているようだったからな」

下卑た笑みを零しながら、瑠親王は雪花の顎を突き飛ばすようにして離し、ゆっくりと扉のほうへ向かった。

すべてに打ちのめされて床に倒れ込んだ雪花は、その背中を力なく見つめることしかできなかった。握りしめた小鈴が不安そうに鳴らす鈴の音だけが、雪花の意識をかろうじて繋ぎとめている。

焔家で過ごした幸せな日々。はじめて得た自由と、蓮に与えられた愛情の記憶が、凍えそうな雪花の心を支える。

（蓮……！）

会いたい。戻りたい。もう一度、愛していると伝えたい。

あの腕に甘え、一緒に生きていきたい。自分のたったひとつの願いはそれだけなのに、どうして。

「やあ、待たせたな。これが約束の……‼」

まるで舞台に立つかのような仕草で扉を開けた瑠親王が、動きを止めた。背中しか見えないが、肩や足が小刻みに震えていることはわかる。そのうちなにかを恐れるように、部屋の中へ後ずさりし、首を何度も振りはじめる。

「なぜだ……なぜここにいる……‼」

引きつった叫びに滲む恐怖に、雪花は瑠親王がいったいなにに怯えているのか確めようと身体を必死に動かし、扉の外に視線を向けた。

そこには松明を掲げた物々しい複数の兵士たちが立っていた。

先頭に、二人の人間が並んで立っている。

それが誰なのか理解するよりも先に、雪花の瞼が焼けるように熱を帯びた。

滲みそうになる視界を瞬きで散らし、乾いた唇を必死に動かして名前を叫ぶ。

「陛下……！　蓮……‼」

「雪花！」

蓮と利普が雪花に気がついたのだろう、二人揃って雪花の名を呼び、安堵と怒りが入り混じった表情を浮かべる。

「瑠親王……貴様の企みはすでに露見した。雪花を解放せよ」

「なぜだ‼　どうしてここがわかった‼　ここは、母上と俺しか知らぬ隠れ宮のはず！」

「後宮で皇帝が知らぬ場所があると思うな！」

「ひっ！」

威厳に満ちた怒声に、瑠親王はその場にへたりこみ、じりじりと這うようにして室内に逃げ込んでくる。

「お、お前ら！　高い金を払っているんだ、俺を守れ‼」

憐れな叫びに瑠親王の背後に控えていた黒装束たちが前へ出るが、明らかに劣勢だった。数が違う。

しかも相手は皇帝とその直属の兵士たち。勝てる見込みは一分もない。

それでも、雇われの身である彼らは瑠親王には逆らえないのだろう。無謀にも刃を構え、怯える瑠親王を庇うように陣形を組んでいる。

「あくまでも逆らう気か。よかろう。その首、ねじ切ってくれる！」

「ひぃいい‼」

兵士たちが動きだしてからは、あっというまだった。

黒装束たちは次々に切り捨てられて地に沈む。

瑠親王はその惨状に怯えながらも、這いずるようにして雪花の傍までやってきて、その身体を盾にするように抱え上げた。

「雪花！」

焦りを帯びた蓮の声と喉元に押し当てられた冷たい感触に、雪花は息を詰める。どこから取り出したのか、瑠親王が小刀を雪花の首に押しつけたのだ。

「それ以上近寄れば、雪花の喉をかき切るぞ。娘を殺したくなければ、俺を逃がせ」

「……貴様‼ 本気で言っているのか！」

「ああ本気だとも。兄上はこいつが大事なのだろう？ 可愛い公主を失いたくなければ俺と母上を罪に問わないと誓え！ さもなくば……」

「ううっ」

刃が肌に食い込む痛みに雪花は呻いた。生温かいものが肌を伝っていく感触に、血が流れているのがわかった。

だが惨めに泣き叫ぶことだけはしたくなかった。そんな姿を見せれば、利普や蓮が動揺してしまう。

「陛下、私のことは構いません。どうか、どうかこの男を罰してください」

「貴様ぁぁ‼」

雪花の言葉に目を血走らせた瑠親王が獣のように叫び、喉に食い込ませた刀に力をこめた。

鋭い痛みが走り、雪花は叫びそうになったが、唇を噛みしめて必死にこらえる。強く握りしめた小鈴が必死に震えているのがわかった。

「小鈴、今です‼」

蓮の声が響くと同時に、手のひらに収まっていた鈴が一気に膨らんでいく。

咄嗟に開いた雪花の手のひらを、小さな手がしっかりと握りしめた。

「雪花を離せ、この塵‼」

「なっ、貴様！　どこから、ぐあああああっ‼」

人型に転じた小鈴が、背後から思い切り瑠親王の頭に己の頭を打ちつける。

小気味いい金属音と共に瑠親王は白目をむき、刀が床に落ちた。

それでも執念なのか、雪花を捕らえた腕は緩まず、しっかり抱え込んだままだ。

だが意識はもうろうとしているらしく、何度か身をよじれば抜け出せた。

そんな雪花に小鈴がひしと抱きつく。小さく冷たい身体が鈴だったとき同様に震えて、瞳が今にも泣き出しそうに揺れていた。

「雪花、怖かったよね！　ごめんね、小鈴が傍にいたのに」

「いいの。いいのよ小鈴」

謝る小鈴に雪花は何度も首を振る。小鈴がずっと傍にいてくれたからこそ、雪花は己を見失わなかった。恐怖で心を壊さなかった。どれだけ心強かったことか。

「雪花！」

名を呼ぶ蓮の声に視線を向ければ、こちらに駆け寄ってくるのが見えた。

蓮が術を使い、小鈴を人に転じさせたことで助かったのだ。

守ってくれた。助けに来てくれた。もう大丈夫。

そんな安堵で、雪花の全身から力が抜ける。

「今すぐ縄を解いてあげるから。蓮さまのところに……きゃあ‼」

「小鈴‼」

雪花の縄を解こうとした小鈴の身体が宙に浮いた。

意識を完全に失わなかった瑠親王が立ち上がり、雪花を蹴り飛ばしたのだ。

「どいつもこいつも役立たずが‼　俺は受け入れぬ！　罪人として裁かれる恥辱を味わうくらいならば、この命、ここで使い果たしてやる‼」

「きゃあああ‼」

まだ自由にならぬ雪花を抱きしめるようにして引き寄せた瑠親王は、床に置いていた行燈を掴むと思い切り壁に叩きつけた。

油が飛び散り、炎が広がる。

黒い煙が一瞬にして室内に充満していく。

まるで準備されていたかのようにあっというまに火が燃え広がり、こちらに来ようとしていた蓮の行く手を阻む。

「雪花！」

「蓮さま‼」

お互いに手を伸ばして叫ぶが、炎に引き裂かれて距離が縮まらない。

瑠親王はそれをおもしろがるように甲高い声で笑った。

「さすがの兄上も炎を飛び越える力はあるまい。もし火を消すために人を動かせば、この細い首をへし折ってやる」

「うぐっうう」

雪花の首に瑠親王の両手が回り、言葉どおり握りつぶすように力をこめた。

雪花はかすむ視界で、愛しい二人の姿を必死に見つめる。

呆然と立ち尽くす連の瞳が悲しみと不安に揺れているのがわかり、雪花は与えられる苦しみ以上に、胸が痛いほど締めつけられるのを感じた。

愛し愛される喜びを教えてくれた唯一の人。

その隣には、兵士たちに取り押さえられながら叫ぶ利普の姿が見えた。

手を伸ばしてこちらに来ようとしている、大切な兄であり、父だった雪花の家族。

こんなに近くにいるのに手が届かない。

せっかく助けに来てくれたのに。

二人の心に再び傷を残して逝くことになった自分の不甲斐なさに涙が出そうだった。

首を絞められ、呼吸がままならない。

熱い炎と煙で目がかすみ、かすれた音だけが唇から零れた。

最後までその姿を見ていたいと必死で目をこらす。

(せめて、最後に想いを伝えたかった)

蓮にこんな自分を愛し、妻にしてくれたことを、利普に慈しんでくれたことを、ありがとうと伝えたかった。

「そこで大切な娘が死ぬ姿を、指をくわえて見ていろ！　はは……ひっ」

壊れたように笑いながら雪花の首を絞めていた瑠親王が突如として動きを止め、悲鳴じみた声を上げた。

首を掴んでいる指がわななき、緩んだことで、雪花の身体は熱せられた石床に倒れる。

このまま焼かれて死ぬのかと思った雪花の頬に、一滴の水滴が落ちた。

(……雨？)

室内で雨など降るわけがないのに、なぜか雪花はそう感じた。だが、水滴は一度ならず、二度三度と雪花の頬を打ち、そのうちに全身に降り注ぐように落ちはじめた。

「ひ、ひいいっ、ばけ、もの‼」

かすれた悲鳴を上げ、瑠親王が尻もちをついた無様な体勢のまま、雪花のことなど目に入らないようすでずるずると後ろへ下がっていく。

雨のような水滴は勢いを止めることなく降り続き、部屋中に回っていた炎をいとも簡単に消してしまった。だが炎がすっかり消えても水はやまず、そのうちに身体が沈むほどの水量が部屋の中に満ちていく。

(なにが……？)

全身が濡れて水に沈みかけたとき、大きな腕が雪花の身体を抱き上げた。

温かく優しい匂いに、雪花にはそれが誰であるのかすぐにわかった。安堵で涙が溢れるが、落ちてくる水滴に流れてしまう。

「れ、ん……」

「喋らなくていい。もう大丈夫だ」

労わるように優しく抱きしめられ、雪花は蓮の胸に頬を摺り寄せる。

恋い焦がれていたぬくもりと香りに包まれ、雪花はあぁ、と深く息を吐きだした。

同じ部屋で水に打たれているはずなのに、なぜか蓮の着物は濡れておらず、温かくすらあった。

不思議に思って雪花が顔を上げると、蓮の瞳が青く光っていた。

まるで藍宝石のように光るその瞳の輝きに雪花は息を呑む。よく見ると、蓮の全身が淡く光っている。

この雨は蓮が降らせたものだと雪花はすぐに理解した。蓮の中に流れる龍の血が、部屋の中に雨を呼び寄せたのだと。

「雪花……すまない。俺が目を離したばかりに」

青く光る瞳が苦しそうに揺れ、蓮の腕が雪花を強く抱きしめた。

雪花が縛られていることに気がついたのだろう、眉間に皺を寄せ、すぐにその縄をほどいてくれる。

ようやく自由になった身体で、雪花はひしと蓮にしがみついた。

「ちゃんと迎えに来てくれたわ……蓮、蓮……」

助けようと駆けつけてくれた。雪花にとってみればそれで十分だった。

もしかしたら二度と会えないかもしれないと怯えていたのに、蓮は命だけではなく、雪花の心までも救ってくれたのだ。

「貴様……！」

「ひいいい‼」

蓮に睨みつけられ、瑠親王があえぐように叫んだ。蓮の瞳に気がついたのだろう、釣り上げられた魚のように、青白い唇をはくはくと大きく開閉させ目を見開いている。

「ほ、本当に龍の……」

怯えきり後ずさりし続ける瑠親王に、もう皇族としての威厳は欠片も残っていない。憐れさすら誘うほどに顔面を汚し、ずぶ濡れのまま、溜まった水をかくようにして必死に逃げようとしている。

その姿に、雪花の胸の中に渦巻いていた恨みや憎しみが消えていくのがわかった。

こんな男を恨んでも意味がない。怨嗟に囚われて生きていくなど、きっと無意味なことなのだと素直に思えた。

「よくも雪花を……!!」

だが蓮は怒りが収まらないようすで腕を振り上げる。おそらくなにか術を使おうとしているのだろう。雪花はその腕をそっと引き留めた。

「もういいんです」

「だが、あいつはあなたを！」

「蓮が手を汚す必要なんてないわ。彼のことは、陛下に任せるべきよ」

「そうだ。あの男の処罰はこちらに任せてもらおう」

雪花の声を引き継いだのは、いつのまにか部屋の中に入ってきていた利普だった。

雨がやんだ室内に立つ姿は、床を這いつくばる瑠親王などとは比べものにならないほどの威厳に満ちている。

蓮の腕に抱かれた雪花を見つめると、厳しい表情が一瞬だけ和らいだ。

それは幼いころからずっと雪花を慈しんでくれた瞳だった。

そこにこめられていた深い愛情を、今の雪花は苦しくなるくらい理解していた。

いったいどれほどの想いで守ってくれていたのだろうと。

「瑠親王。貴様と麗貴妃が蛮族と通じ、この命を狙おうとしていた件に関する証拠はすでに我が手にある。伶家諸共、無事で済むと思うな」

「う、うううう‼」

皇帝から直に告げられた言葉に、瑠親王は顔を歪め、まるで獣のように地べたに頭を打ちつけながら唸りはじめた。

そのまま死んでしまうのではないかと雪花が怖がっていると、兵士たちがその身体を抱え上げてどこかに運んでいく。

先ほどのまでの騒々しさが幻だったように静まりかえった室内には、扉から流れ出ていく水音だけが響いていた。

＊＊＊

濡れたままでは風邪を引くと、蓮と共に訪れたのは懐かしい月花宮だった。

輿入れのあと無人になったはずの月花宮は、最後に見たときと変わらぬ状態で維持されており、雪花の衣服もそのまま保管されていた。

それが誰の配慮によるものなのかは考えなくてもわかる。

その深い情に涙ぐみながら、雪花は再び鈴に戻っていた小鈴を抱きしめ、ここが私の育った場所よと微笑んだ。

「縄の痕が……」

着替えを手伝ってくれた蓮と、人の形を取った小鈴の表情が揃って険しいものだから、雪花はつい笑ってしまう。

服の上からとはいえ、強く縛られていたせいで身体のあちこちに赤い縄痕があったが、幸いにも傷にはなっていなかったので、そう長くは残らないだろう。

「大丈夫、痛くないのよ？」

「……」

まるで親子のように同じ顔をして怒りや痛ましさを滲ませた表情の二人を宥め、大丈夫だと証明するように両手を動かしてみせる。

それでも今にも泣きそうな顔をしたままの小鈴の頭を撫でて抱き寄せると、小さな手が雪花の服を強く握った。

「ごめんね。ずっと傍にいたのに。雪花が怖い思いをしていたのに、助けてあげられなかった」

「いいのよ小鈴。小鈴がずっと音を鳴らしてくれていたから私は助かったの。小鈴が傍にいなければ、きっと助からなかったわ」

「雪花～」

小さな身体が震えてか細い音をたてる。

ずっと鈴を鳴らして蓮に呼びかけてくれなければ、きっと雪花は企みどおり蛮族に引き渡されていたかもしれなかったのだ。

さらわれたときに小鈴を握っていたことが雪花の命運を分けたと知らされ、驚きと同時にこみ上げてきたのは感謝と愛おしさだった。

「蓮も……来てくれて本当に嬉しかった」

「いいや。そもそも、あなたを奪われた時点で俺の手落ちだ。あなたを妻にできたことに浮かれて守りがおろそかになってしまった……」

「いいえ、そんなことはないわ。私も不注意でした。それに瑠親王の口ぶりでは、あの日でなくても他の手段で私を襲(おそ)ったはずです。どうか、自分を責めないで」

「雪花」

小鈴を抱きしめている雪花ごと、蓮の腕に包まれる。冷えていた心まで温められていく心地よさに、雪花は目を閉じる。

身勝手な欲望によって自分の生き方が歪められていたことを知り、心が壊れそうになったのを繋ぎとめてくれたのは、蓮から愛された記憶だった。

この月花宮で怯えていたままの雪花だったなら、瑠親王から告げられた言葉によってとっくに壊されていただろう。

「ありがとう」

守ってくれて、愛してくれて。

「蓮が私を愛してくれたから、私は頑張れたんです」

人はこんなにも変われるものなのだと、雪花はこらえきれぬ愛を注ぐように蓮を見つめた。

黒曜石の瞳が、ゆらゆらと揺れている。

「雪花」

蓮の声に熱がこもる。

雪花は小鈴の目元をそっと手で覆いながら顔を上げ、静かに目を閉じる。

唇に重なる優しい感触に、涙が滲んだ。

それは、悲しみではなく愛しさが溢れた涙だ。

大きな手が、二度と離さないと訴えるように小鈴ごと雪花を強く抱きしめる。

間に挟まれた小鈴が、苦しげに震えながらも嬉しそうな音色を立てたのを聞き、雪花は小さく微笑んだ。

お互いを確かめあい、雪花たちがようやく落ち着いてくつろいでいると、月花宮の扉が静かに開いた。

二人は一瞬身構えたが、ゆっくり歩いてくるその人物の正体に気がつくと、今度は驚愕で揃って目を丸くした。

「陛下!」

供も連れず、たった一人で歩いてくるのは利普その人だった。

服装も皇帝としてのものではなく、身軽な装いだ。

まるでかつて母がいたころ、よく月花宮を訪ねてきてくれた利普を思わせるその姿に、雪花は喉を詰まらせる。

「雪花、無事でよかった」

優しい声に胸が軋む。どれほど心配してくれたのだろうか。

駆け寄ってたくさん聞きたいことがあるのに、口も足もうまく動いてはくれない。

そんな雪花の葛藤を感じ取ったのか、利普が困ったような笑みを浮かべて小さく首を傾けた。

「蓮。今回もよい働きであった」

「光栄です。と、言いたいところですがたとえ後宮とはいえ、供も連れず歩き回るなど不用心ですよ」

「なに。門の外に待たせてあるだけだ。お前たちとゆっくり話したいからな」

ほがらかに笑う利普の表情には、少しだけ疲れが滲(にじ)んでいた。

それもそうだろう。雪花を誘拐され、腹違いとはいえ、弟に命を狙われていたのだ。

後宮を牛耳っていた先帝妃である麗貴妃への処罰も考えなければならない。

伶家のような大きな家門をこれから相手にせねばならぬ利普の苦労は計り知れない。

「あ……」

なにかいたわるべき言葉をかけるべきなのに、声が出てこない。

こみ上げてくるのは、切ないばかりの愛しさだった。

「積もる話はあるでしょうが、まずは座りましょう」

「そうだな」

蓮に促され、三人は庭にある石作りの机を囲んで腰かける。

月花宮の庭をぐるりと見回した利普は、なにかを懐かしむように静かに微笑んだ。

その笑顔には隠しきれぬ悲しみが混じって見えた。

「さて、どこから話すべきか」

真っ先に口を開いた利普が、どこか困ったように肩をすくめた。

それから、優しげな瞳をまっすぐに雪花に向ける。

「あれから……瑠親王からどこまで話を聞いた？」

探るような声音に、雪花は息を呑む。

やはりそこから話さなければならないのだろう。

数秒の逡巡をおいて、静かに口を開く。

「私の母が、陛下と恋仲だったということは聞きました」

「そうか……ああ、そうだな。まずはそこからだ」

瑠親王の言葉はほとんど正しかった。

利普が麗貴妃の女官であった母を見初め、恋に落ちたこと。母もそれに応えたこと。

お互い若さ故に性急に愛を確かめあったこと。そして、無残にも奪われたこと。

すでに母の腹には雪花がいたが、皇帝のお手つきになった女官を奪うことはできない。

ただ見守ることしかできなかった日々の歯がゆさを、利普は噛みしめるようにして語ってくれた。

「お前の母の名誉にかけて誓う。彼女が父上の妃(きさき)になって以降、男女の仲になったことは一度もない。手も触れさせてはくれなかったよ」

そのころのことを思い出したのか、利普の表情が苦しげに歪(ゆが)んだ。

「彼女を失ってようやく、奪っておけばよかったと悔やんだ。たとえ皇帝になれなくなったとしても、彼女とお前をここから奪って逃げればよかった」

「ずっと想っていてくれたのですね」

「ああ。もっと幸せにしてやりたかった。彼女とお前を家族として大切にしたかった」

「その言葉だけで、母は十分に幸せだと思います。母は陛下が月花宮に来たときだけは、いつも幸せそうでした。今ならわかります。母は、陛下だけを想っていました」

月花宮の門が開く音に顔を上げる母が、少女のように微笑んでいたのを、雪花は覚えている。

今ならそれが恋する女の顔だったとわかるのは、自分もまた人を好きになったからだろう。

雪花の言葉に利普は顔を切なげに歪め、きつく目を閉じた。

母を悼むその姿に、雪花はなにかが報われるような気持ちになる。

「もしかして、陛下が妃を迎えないのは、まだ母を悼んでくださっているからなのですか？」

「……どうだろうな。また失うのが怖いのかもしれない」

力なく答える利普の横顔には、拭いきれぬ悲しみと切なさが浮かんでいた。

愛する人を奪われ、目の前で喪った悲しみは、まだ深い傷となって利普を苛んでいる。

「どうか。どうか、幸せになってください。きっと母もそう願っております」

「雪花……本当に大きくなって。いや、大人になったと言うべきかな。なあ、蓮よ」

目を開けた利普が視線を向けたのは、雪花の横に座っている蓮だ。

「隠しても無駄だ。お前たちを見ていれば、どういうことになったかなどすぐわかるぞ。手を出すなと言いつけておいたはずだが？」

「申し開きをするつもりはありません。元より、妻として迎え入れたわけですから。このように愛らしい女人に手を出すなというのが不可能です」

「雪花が愛らしいのは認めるが、開き直るな！　逃がすための手段としての降嫁だと言っておいただろうが……‼」

利普が机を叩く音に雪花は小さく悲鳴を上げ、慌てて立ち上がる。

「違うのです陛下。私が先に蓮さまを好きになったのです‼　どうか私たちの結婚を認めてください！」

そう叫んですぐに雪花は自分がずいぶんと恥ずかしいことを口にしたと気がつき、頬を染めた。蓮もわずかに目元を赤くして動揺を隠しきれないようだ。

利普だけが、じっとりとした視線で蓮を見つめ、なにかを諦めたように長く息を吐きだした。

「雪花、せめてここでは父と呼んでくれ。せっかく親子と明かせたのだから他人行儀ではちと寂しいぞ」

「う……」

雪花とて、叶うならば父と呼びかけたい。

だが、突然すぎて勇気も覚悟も持てなかった。

一度でもそう呼びかけてしまえば、泣いてしまいそうだったから。

困り果てて視線を泳がせる雪花に、利普は眉を寄せて首を傾げる。

「本当にお前は愛らしい子だな。まあ、急に欲張るのはやめよう。本来ならば永遠に隠しておくつもりだったのだ。今日は父と名乗れただけでもよしとするさ」

「……申し訳ありません」

「謝るな。必ず守ると決めたお前を危険に晒したこちらの手落ちだ……無事で本当によかった。蓮、雪花に手を出したことは別にして、本当に感謝している。お前は、この命だけではなく、雪花まで救ってくれた。本当に感謝している」

「陛下の、命……」

そういえば、そもそも雪花は利普の命を救った褒美として蓮に降嫁した身だ。

それは雪花を逃がすための方便かと思っていたが、今の言葉は真に迫っていた。

蓮の顔を見ると、むっすりとした顔で利普を睨みつけている。

「あれは偶然だ」

「いいや。あのとき、蛮族の放った火矢に巻かれ、馬車の中で燃え死ぬしかなかったこの身を救ったのは、お前が龍の力で降らせた雨だ。我ら親子は揃ってお前に救われたというわけだ」

「この力は俺の自由で使えるものではない。あのときも先ほども、雨が降ったのは奇跡だ。そう何度も感謝されても困る」

「はは。あのときもそう言って、俺からの謝礼を固辞したな。お前らしい」

二人のやりとりは、皇帝と臣下ではなく、本当に友としてお互いを信頼しているのが伝わってくるものだった。

自分のせいで仲違いをしたらと焦っていた自分が恥ずかしくなり、雪花は静かに再び椅子に腰を下ろす。

「約束を違えたことは謝る。だが、雪花を妻に迎えることは譲らん。たとえ焔家が取り潰されても、この手は離さないと決めた」

蓮の手が雪花の手を握る。その大きく温かな感触に雪花は瞳を輝かせ、蓮をうっとりと見つめた。

「まったく……まあ、雪花がお前を夫と決めたのならもう口出しはしない。元より、そうなるような予感はしていた」

「陛下？」

「蓮の人柄があってこそ、任せられると思ったのだ。こうも早くまとまるとは思っていなかったが、雪花が幸せならばそれもよいだろう。友が息子になるのは、少々いたたまれないがな」

苦笑いしながら、利普は雪花と蓮を交互に見つめた。

その瞳に宿るのは、深い慈愛だ。

「焔蓮よ、雪花は紛れもなくこの宗国の公主だ。必ず守り、幸せにしろ。これは皇帝としてだけではない、その子の父としての命だ」

「ええ、誓います。俺の持てるすべてをかけて雪花を愛し、大切にします。陛下のぶんまで」

最後に付け足された力強い言葉に、利普は大きく頷く。

「雪花。どうか幸せになってくれ。そして、不甲斐ない父を恨んでくれ」

「いいえ、恨みなどしません。私が今日まで生きてこられたのは、間違いなく陛下の……お父さまのおかげです。本当にありがとうございました」

「雪花」

ようやく親子としての情を交わせた二人を祝福するように、朝日が月花宮を照らしていた。

＊＊＊

「ようやく帰ってこられましたね」

「ああ」

焔家に戻ると、たくさんの精霊たちが雪花の無事を祝いながら出迎えてくれた。

もうこの焔家こそが自分の居場所になっているのだと、胸がいっぱいになる。

瑠親王と麗貴妃は投獄されることになった。

雪花を誘拐して危険に晒したことだけではなく、それを利用して皇帝の命を狙ったこと。禁止されていたはずの蛮族との取り引きで富を得ていたことなど、罪状はきりがなかった。

咎は伶家一族すべてに及ぶことになるだろう。

この粛清で、一大派閥だった伶家が抜けた穴は、利普が目をかけている若い官吏たちが埋めることになった。

また伶家を使って宗国を脅かした事実が明るみに出たことで、蛮族との交渉もかなり優位に進められることになった。

今の長が伶家と結託し、若い娘を人質にしようとしていたのが明るみに出たことで信用を失い、争いを好まぬ新しい長が交渉の机についたのだ。

きっとよい時代が来る。雪花はそう確信していた。

「もう身体は大丈夫ですか？」

「ええ。ゆっくり休んだのでもう平気です」

蓮はしきりに雪花を案じ、戻ってきてからもずっと傍を離れない。

その態度に琥珀や小鈴すら呆れ気味だ。

「大慌てだったのだぞ？　あんなに動揺した蓮を見たのは生まれてはじめてだった。泣くかと思って焦ったわ」

そう語るのは琥珀だ。

あの宴の席で、危機を知らせる鈴の音に気がついて駆けつけたときには、もう犯人たちが立ち去ったあとだった。蓮はその足で城に参内し、鈴の音を頼りに雪花たちを探し当ててくれた。

雪花は知らなかったが、利普の配下がずっと焔家の近くにいたらしい。

なにかあればすぐに連絡が取れるようになっていたことを知り、雪花は父の深い愛情に胸を打たれたのだった。

「泣いてなどいない。余計なことを言うな」

琥珀の言葉に怒ったような顔をする蓮は、どこか子供じみている。

くすくすと笑いながら、雪花は蓮と琥珀のやりとりを愛おしげに見つめていた。

「蓮。あなたはすべて知っていたんですか？　私が……父の娘だと」

「ええ。あなたの降嫁（こうか）を頼まれたときに打ち明けられました。幸せにしたいと言われて断れなかったのが、はじめてです。最初はずいぶんな厄介ごとを押しつけられたと思いましたよ」

「まあ！」

「あなたを知れば知るほどに愛おしさが増して、陛下を恨みました。なにもかも捨てようとしていた俺に、こんな宝を与えるなんて」

蓮の手が、雪花を引き寄せる。

大人しくその腕に抱かれながら、雪花もまた蓮の背中に腕を回した。

もう二人を阻むものはなにもない。

「私も、あなたを知れば知るほど想いが募りました。もう、ここでしか生きていけません。どうかずっとお傍に置いてください」

「もし嫌だと思っても離しませんよ。手放せるわけがない。あなたは私の妻だ」

番外編　誰がために咲く花か

風に混じる匂いに、春の気配が濃くなった。

庭園の木々にいつのまにか増えていた花芽は淡く色づき、開花するべき日を待ち望んでいるのがわかる。

やるべき仕事が一区切りついたと外に出ていた蓮は、聞こえてきた月琴の音色に目を細めた。

（美しい音色だ）

一年前とは比べものにならないほど上達した旋律は、聞いているだけで心が穏やかになってくる。

自然と上がっていた口角に気がつき、蓮は己の顔を静かに手のひらで覆う。その場で足踏みをしたくなるようなむず痒い気持ちがこみ上げてきて、どうも落ち着かない。

こんな風に誰かを想い、感情を乱す日が来るだなんて。

人生とはわからないものだと考えながら、蓮は龍厘堂へ歩き出した。

宗国の公主、雪花を妻という名目で焔家に迎えたのは去年の春。

友であり主でもある普剣帝からの頼みに、蓮は逆らえなかった。

最初はなんという面倒ごとを押しつけてくれたのかと頭を抱えたくなったが、雪花という公主がどのような複雑な立場にあるかを知ってからは、むしろ早く後宮から出してやりたいと思うようになった。

母と死に別れ、後宮で命が尽きるのを待つように生きている少女。本人にはなんの咎もない。背負った宿命が不憫だと思ったし、どこか自分に重なるものもあった。どのみち結婚するつもりもなかった身だと、与えられた役目に誇らしささえ感じていたくらいだ。

後宮の通路で雪花を助けたのは偶然だった。

いつものように呼び出され、後宮を調査しながら本殿に向かっている最中、嫌な気配を感じ、気がついたときにはその方向に足が向いていた。いつもならば直接手は出さず、後宮に付いている道士に任せてしまうのに、そのときだけは自分が動かなければならないように思えたのだ。

そしてその選択は正しかった。

華奢な少女の腕に張りついた腕輪を見た瞬間、蓮ははらわたが煮えくり返りそうな怒りを感じた。それは悪意の固まりだった。身につけた人間を苦しめ、悲しませることだけを考えてかけられた呪い。しかも、その素材にされたのは憐(あわ)れな精霊だ。

今にも発動しそうな呪いの気配にいても立ってもいられず、立場を忘れて声をかけていた。

驚いた顔で見上げてくる少女の控えめな美しさに、蓮は息を呑んだ。大きな瞳は宝石のように透き通っているが、その奥には隠しきれない悲しみと憂(うれ)いが宿っていた。

助けなければ。

切実にそう感じ、呪いを解いたあとに知った。その少女こそが、雪花だったと。

顔も見せてはいないし、名乗りもしていない。

きっと自分だとわからないだろうと高をくくっていたのに、彼女は簡単に気がついてしまった。

あの瞬間、もう運命は決まっていたのかもしれない。

一年前の記憶を振り返りながら歩いていると、月琴の音色がどんどん大きくなっていく。

龍厘堂の前の小さな台に座る華奢(きゃしゃ)な人影が目に入ると、心臓が勝手に大きく脈打った。

「ああ……」

思わず漏れた声に混ざる隠しきれぬ恋情に、蓮は苦笑いを浮かべる。

美しい黒髪を風にたなびかせ、やわらかな日差しを浴びて月琴を奏でる姿は、女神の化身かと思うほど美しい。

頬だけを仄（ほの）かに桜色に染めた艶やかな乳白色の肌。淡い笑みを浮かべた梅蕾色の唇。音色に心を乗せるために閉じられた瞼（まぶた）を彩る長い睫毛が影を作り、彼女の美しさを際立たせている。

愛らしい。恋しい。憧れる。

誰かをこんなに強く想う日が来るなど、想像もしていなかった。

演奏の邪魔をせぬように足音を殺しながら近づくと、聞き惚れていた精霊たちが蓮の存在に気づいて顔を上げる。

静かに、と指を立てて合図すると、彼らは心得たとばかりに小さく頷き、再び奏者へ視線を向けた。

（雪花）

胡粉で赤く染めた指が、月琥珀の弦をなめらかにたどり、絶妙な音階を生みだしていく。

ここに来るまではろくに音楽を習うこともなかったと言っていたのに、今の腕前は宮廷楽士にも劣らないだろうと確信できた。

もし雪花が後宮で音楽に目覚めていたら、今とは違う運命をたどっていたかもしれない。そんな些細な想像にさえ腹の奥が苛立つほど、蓮は雪花に焦がれている。

優しい音色が静かに山場を迎え、そして嫋やかな終わりを告げる。

胸の奥が痺れるような余韻を残しながら音が鳴りやむと、雪花が小さく息を吐きながら目を開けた。

「蓮」

驚きが笑顔に変わる瞬間の雪花の表情が、蓮は一番好きだった。

蓮という存在を認め、心を動かしてくれるのがわかるから。

「雪花、また上達しましたね」

「ええ」

月琥珀を愛しげに胸に抱く姿に軽い嫉妬を感じながら近寄ると、雪花も立ち上がり身を寄せてくる。

細い腰を抱いて、そっと地面に下ろすと、恥じらうように頬の色が濃くなった。

小さく、か弱く、愛しく、強い、蓮だけの花。

出会ったときは儚げな少女だったのに、今の雪花は花開く前の大輪の牡丹のような、気高い女性らしい美しさをたたえていた。

彼女が花開くのは自分の前なのだという確信が、蓮の心をどれほど温かくしてくれるか、雪花はきっと知らないのだろう。

特別な力を持って生まれたが故に、父にばけものと罵(ののし)られ、孤独に生きるしかなかった。

この血を絶やしてしまおうとさえ思っていたのに、雪花は突然目の前に現れて、蓮の世界を変えてしまった。

(あの父にして、この娘、なのかもしれませんね)

雪花の実父である利普もまた、蓮の世界を変えた存在だった。

友として蓮を導き、焔家の中で朽ち果てようとしていた自分を世の中へ連れ戻してくれた。

そして、こんな大切な宝玉まで寄こしてくれた。

(もし雪花を泣かしたら、死ぬくらいでは済まぬだろうな)

利普もまた、雪花を思うままに愛してやれなかった苦悩を抱えて生きてきた。

今は正体を明かしたこともあり、愛娘を甘やかしたくてたまらないのが伝わってくる。

皇帝という立場を慎まず、こそこそと訪ねてきたり、手紙や贈り物をしてきたりするるのは少し煩(わずら)わしいが、許せてしまうのは同じ存在を愛しているが故だろう。

「本当に素晴らしい音色です。聞き惚れてしまいました」

「嬉しい。琥珀が教えてくれたんです」

花がほころぶように笑う雪花を今すぐ腕に抱きたくなったが、日が高いことや精霊たちの目があることからぐっとこらえる。

かわりに月琥珀を取り上げ、その手を優しく握った。

「そろそろ演奏は終わりにして休憩しませんか」

ずるいと小鈴や琥珀たちから不満の声が上がるが、妻を独占するのは夫の特権だからと無視をする。

こんな大人げない態度を取るようになった自分に驚きつつも、嫌ではないのは初恋に溺（おぼ）れているからだろうか。

「はい」

握り返してくれる小さな手を離さぬように引き寄せながら、蓮は愛しい妻の肩を抱いたのだった。

あやかし
鬼嫁
婚姻譚
1 2
著・朧月あき
あやかし
和風・シンデレラ
ストーリー!
生贄の娘は、
鬼に愛され華ひらく
天涯孤独で養護施設で育った里穂。ある日、名門・花菱家に養女として引き取られるも、そこで待っていたのは、周囲の皆から虐めを受ける過酷な日々だった。そして十七歳の誕生日、里穂はあやかしの「生贄」となるよう養父から告げられる。だが、絶望する里穂に、迎えに来たあやかしは告げた。里穂は「生贄」ではなく、あやかしの帝の「花嫁」になるのだと――
各定価:726円(10%税込)
イラスト:セカイメグル
それでもお前を愛している

お家のために結婚した不器用な二人の
あやかし政略婚姻譚

一族の立て直しのためにと、本人の意思に関係なく嫁ぐことを決められていたミカサ。16歳になった彼女は、布で顔を隠した素顔も素性も分からない不思議な青年、祓い屋〈縁〉の八代目コゲツに嫁入りする。恋愛経験皆無なミカサと、家事一切をこなしてくれる旦那様との二人暮らしが始まった。珍しくコゲツが家を空けたとある夜、ミカサは人間とは思えない不審な何者かの訪問を受ける。それは応えてはいけない相手のようで……
16歳×27歳の年の差夫婦のどたばた(?)婚姻譚、開幕!

定価:726円(10%税込み)　ISBN 978-4-434-30476-7

イラスト:くにみつ

神さまの借金とりたてます！

内定していた会社が倒産して実家の神社で巫女をすることになった橘花。彼女はその血筋のお陰か、神さまたちを見て話せるという特殊能力を持っている。その才能を活かせるだろうと、祭神であるスサノオノミコトの借金の肩代わりに、神さま相手の何でも屋である「よろず屋」に住み込みで働かないかと頼まれた。仕事は、神さまたちへの借金取り!? ところが、「よろず屋」の店主は若い男性で、橘花に対して意地悪。その上、お客である神さまたちもひと癖もふた癖もあって――

定価：726円（10%税込み）　ISBN 978-4-434-31350-9

Illustration：ボダックス

もののけ達の居るところ
ひねくれ絵師の居候はじめました
ふたりきり、だけどにぎやかで温かい同居生活。
神原オホカミ
Ohkami Kanbara
仕事がうまく行かず、
幻聴に悩まされていた瑠璃は
ひょんなことから、人嫌いの「もののけ絵師」
龍玄の家で暮らすことになった。
しかし龍玄の家からは不思議な『声』がいつも聞こえる。
実はその『声』がもののけ達によるもので――？
楽しく日々を過ごしているもののけ達と、
ぶっきらぼうに見えるが
優しい龍玄にだんだん瑠璃の心は癒されていく。
そんなある日、もののけ達の
「引っ越し」を瑠璃は頼まれて……
もののけ達の居るところ
ふたりきり、だけどにぎやかで温かい同居生活。

この作品に対する皆様のご意見・ご感想をお待ちしております。

おハガキ・お手紙は以下の宛先にお送りください。

【宛先】

〒150-6008 東京都渋谷区恵比寿 4-20-3 恵比寿ｶﾞｰﾃﾞﾝﾌﾟﾚｲｽﾀﾜｰ 8F
（株）アルファポリス　書籍感想係

メールフォームでのご意見・ご感想は右のＱＲコードから、
あるいは以下のワードで検索をかけてください。

ご感想はこちらから

アルファポリス　書籍の感想

アルファポリス文庫

公主の嫁入り　～後宮の雪は龍の道士に娶られる～

マチバリ

2023年 2月 28日初版発行
2023年 10月 20日２版発行

編　集－渡邉和音・森 順子
編集長－倉持真理
発行者－梶本雄介
発行所－株式会社アルファポリス
〒150-6008 東京都渋谷区恵比寿4-20-3 恵比寿ｶﾞｰﾃﾞﾝﾌﾟﾚｲｽﾀﾜｰ8F
TEL 03-6277-1601（営業）　03-6277-1602（編集）
URL https://www.alphapolis.co.jp/
発売元－株式会社星雲社（共同出版社・流通責任出版社）
〒112-0005 東京都文京区水道1-3-30
TEL 03-3868-3275
装丁イラスト－さくらもち
装丁デザイン－ナルティス
印刷－中央精版印刷株式会社

価格はカバーに表示されてあります。

落丁乱丁の場合はアルファポリスまでご連絡ください。

送料は小社負担でお取り替えします。


ISBN978-4-434-31635-7 C0193